白衣の淫蜜

睦月影郎

双葉文庫

目次

白衣の淫蜜《シロップ》

第一章　地獄から淫ら天国へ

1

（もう何もかも失ったか。いよいよこの世ともおさらばだ……）

治郎《じろう》は断崖を見下ろしながら思った。

リュックの中には僅《わず》かな着替え、ポケットには残金十六円だけ入っている財布と、充電が切れかかっているスマホだけ。財布には銀行カードも入っているが、もう残金はゼロだった。

両親とも一年前のドライブ中に事故で死に、働き口はなく、家賃滞納でアパートを夜逃げしてきたばかりだ。

ホームレスになろうかとも思ったが、アウトドアと縁《えん》のなかった自分にはまず出来そうもなく、ならば一瞬で楽になった方が良い。

これでも大学を出たが、教員は狭き門でバイトで食いつないできたのも限界、僅かな両親の保険金も使い切り、天涯孤独の一文無しとなった。

掛川《かけがわ》治郎は二十五歳、二浪もして大学に入り、高校の国語教師を志望していたが、二親《ふたおや》の死から何もかもがツイてなく、ただでさえ少ない友人の中で、金を貸してくれるものなどいなかった。

実家は会社員だった父の社宅だったので、元々家も土地もない。

最後の小銭で買った缶コーヒーを飲みながら、治郎は一歩身を乗り出した。

やり残したことは多い。何しろ童貞のまま死のうとしているのである。

だからといって、行きずりの美女を襲うとか、強盗をするとか、そんな度胸はなかった。

すでに、何もかもが面倒になっていたのである。

一月中旬の風は冷たく、この断崖も観光地だが、夕方の今は周囲に誰もいなかった。

しかし、そのときである。

手前にある展望用の駐車場の方から人の争う声が聞こえてきた。

思わず振り返って見ると、二台の乗用車が停まり、男女が口論している。

(可愛い子だな……、どこかで会ったような気もするが……)

まだ少女の面影《おもかげ》を残す彼女は、若葉マークが付いた軽自動車の横で不安に青ざめている。

「とにかく、そっちがぶつかったんだから賠償金を払え。何なら身体で払ってもらってもいいんだぜ」

「だって、そっちが煽《あお》り運転を繰り返して、急停車するからです」

男は二十歳前後の見るからに頭とガラの悪そうな男で、話を聞いていると可愛い娘が一人と見て煽り運転でからかい、彼女がぶつかったのを機に、あわよくば身体を自由にでもしようというのだろう。

（どうせ死のうと思っていたんだから、人生最初で最後の喧嘩《けんか》をするか）

治郎は思い、そちらへ近づいていった。

元より空腹で力は入らず、スポーツは苦手で非力、喧嘩などしたこともないのだが、命がけでやれば何とかなるだろう。負けても、上手《うま》くすればそれで楽に死ねて、ゴミが一匹牢屋に入る。いわば美少女を救って悪人が逮捕されるという、僅かな善行になる。

「どうした」

治郎が近づくと、救いの神でも見たように彼女が治郎の背後に回った。

「からまれて困ってるんです……」

「なんだてめえは！」

彼女が言うと、男が凄《すご》んで迫ってきた。

「どう見てもお前の方が悪者だ」

治郎は言い、右手に空のコーヒー缶を握ったまま渾身《こんしん》の力で男の鼻柱を殴りつけた。

「ぐわッ……！」

大した力ではないが、見事に缶の丸いヘリが男の鼻にヒットし、奴は奇声を発して顔を押さえた。しかし倒れず、

「この野郎！」

いきなり両手で突き飛ばしてきたので、治郎はひとたまりもなく吹っ飛び、駐車場の隅にあるガードレールに肩を強打し、そのまま倒れ込んでしまった。

「う……」

治郎は呻《うめ》き、もう立ち上がる力も出なかった。

「大丈夫ですか……！」

驚いた彼女が言い、駆け寄って肩を揺すった。

治郎は遠ざかる意識の中で、鼻腔にほんのりと彼女の甘酸っぱい吐息を感じ、これで思い残すことはないと思った途端、目の前が真っ暗になってしまったのだった……。

——どれぐらい意識を失っていたのだろうか。

うっすらと目を開けると、天井に蛍光灯が点《つ》き、治郎はベッドに横たえられていた。服は全て脱がされ、人間ドックで着るような前開きの紐《ひも》付きの検査着を身にまとっていた。

どうやら、どこかの病院の個室らしい。

「気がついたんですね。もしかして、掛川先生ですか」

さっきの彼女が治郎の顔を覗《のぞ》き込み、果実臭の息を弾ませて言った。

「ど、どうして僕を……？」

「私、高校時代に教育実習で来た掛川先生に教わった、白浜摩美《しらはままみ》です」

「そ、そうか……」

どこかで見た顔だと思っていたが、ほんの僅かな期間だが彼女、摩美は治郎の教え子だったようだ。

確かに摩美は、颯爽《さつそう》たる大学生時代の治郎に懐《なつ》き、何かと質問をしてきたものである。

当時、治郎は、摩美の面影で毎晩妄想オナニーをしたものだった。

しかし実習期間を終え、後ろ髪引かれる思いで別れ、また何かの機会に会いたいと思いつつ、両親の事故などで立ち消えになってしまった。

「あいつは、あれからどうなった？」

「先生が死んだと思って、慌てて逃げていきました。でもすぐパトカーと救急車を呼んで、いま追跡中みたいです。車載《しやさい》カメラには全部映ってますから」

「そう……」

「ここは、私の祖父の病院です」

摩美が言うと、その時ドアがノックされて白衣のメガネ美女が入ってきた。

黒髪をアップにし、白衣の胸は見事な巨乳、それを揺すりながらベッドに迫ると、生ぬるく甘ったるい匂いが感じられた。

「気がついたのね。娘を助けてくれて有難う」

四十前後の美熟女が言い、治郎の瞼《まぶた》を開くと覗き込んでライトを当て、脈を測った。

「打った肩は骨折もなく、打撲で済んだので湿布してあるわ。でもあまり栄養が足りていないようだけど」

「はあ、夜逃げして、何日も食べていません……」

「まあ……、もうすぐ夕食だから、とにかく栄養を摂《と》って安静に」

美人女医が言い、

「摩美も、もう家へ帰りなさい」

娘に言って、女医は先に病室を出ていった。

あとで聞くと、摩美は大学一年生で免許取り立て、早生まれのためまだ十八歳だった。

摩美は医者の道ではなく、薬科大に通っているらしい。

母親は外科部長の由紀江《ゆきえ》で三十九歳。学生結婚で、摩美を生んでからも学業を続けて医師になったが、夫は先年病死したという未亡人だった。

院長は八十歳になる、由紀江の亡夫の父親である。

海沿いにあるここ白浜病院は、三階建てで主に外科。入院施設は、個室が二つに、二人部屋が四つ、四人部屋が五つあり、今は半分ほどが患者で埋まっているようだ。

裏には白浜家の母屋《おもや》があり、横には横長のハイツ、ナースの寮があって十人ばかりの独身女性が住んでいるらしい。

医師は院長と由紀江の二人だけだが、大学病院から知り合いの医師が交替で来てくれているようだ。

「夜逃げって、どうしたんですか……」

まだ残っている摩美が、病院の説明をざっとしたあと心配そうに訊いてきた。

「ああ、両親が死んで、教員になれず、アパートの家賃も払えず金もないので、断崖から身を投げようとしていたんだよ」

「まあ！」

言うと摩美が驚き、いきなり彼の手を握って小指をからめてきた。

「約束して下さいね。もう死のうなんてしないって。掛川先生は、私の、初恋の人なんです！」

摩美が涙を溜めて言い、治郎は激しく勃起してしまった。

こんな良いことがあるなら、もう死ぬ気なんて完全に失せている。

「分かったよ、約束する」

「ええ、ママやじいじに頼めば、働き口ぐらいどうにでもなります」

摩美が勢い込んで言い、治郎は湿り気ある吐息に酔いしれた。まるでイチゴか桃でも食べた直後のように甘酸っぱい吐息が、どれほど男を酔わせるか彼女は気づいていないのだろう。

彼は美少女に顔を覗き込まれ、痛いほど股間が突っ張ってきた。

と、またドアがノックされたので、摩美は慌てて手を離して身を起こした。

どうやらナースが夕食を持って来てくれたらしい。

すると摩美が甲斐甲斐《かいがい》しく、ベッドの背を立てて彼を起こし、テーブルをセットしてくれた。

「じゃ、私は帰ります。明日またお見舞いに来ますから。恵利香《えりか》さん、お願いします」

摩美は言い、ナースにも会釈すると、そのまま病室を出ていった。

白衣の似合うナースは二十代半ば、恵利香という名らしいが胸の名札には小野《おの》とある。

美人だが、少々気の強そうな顔つきで、身体はほっそりしていた。

テーブルにトレーが置かれると、飯に煮物に味噌汁、魚の照り焼きに蜜柑《みかん》も一個付いて、治郎は急に食欲が湧《わ》いてきた。

2

「いちおう脱いだものは全て洗濯に回しました。それと身元の確認のため、お財布も開けましたので」

恵利香が言う。どうやら汚れた下着なども全て脱がされたようで恥ずかしく、今は越中褌《えっちゅうふんどし》のようなT字帯を着けさせられていた。

「そうですか、お世話かけました」

「銀行カードの名前で、摩美ちゃんが相当に舞い上がりました。どうやら高校時代にすごく憧《あこが》れていて、今日の再会を運命みたいに感じてるようだわ」

恵利香が微《かす》かに笑みを浮かべて言い、

「じゃ食事を終えたら、バスルームも使って下さい」

湯を張ってからすぐに出ていったので、治郎も食事にありついた。

（ああ、旨い。なんて久しぶりの食事だろう……）

治郎は涙ぐむ思いで食事をし、全て完食して蜜柑も平らげた。

ポットがあったので茶を淹《い》れて飲み、ベッドを降りて個室内を見回した。

この部屋は三階で、バストイレ付きの豪華な個室らしい。

打撲した左肩は痛むが、それほど動かさなければ問題はなかった。

洗面台には、新品の歯ブラシに歯磨き粉、コップやタオルが置かれ、彼のスマホは充電中だったので、全て摩美がしてくれたのだろう。

もうすっかり外は暗くなり、下には国道が通り、あとは暗い海が広がり、遠くに微かな灯りが見えていた。

やがて彼はカーテンを閉めると全裸になってバスルームに入り、左肩を庇《かば》いながらシャンプーで何日かぶりに髪を洗い、ボディソープで全身を擦《こす》り、湯に浸かりながらゆっくり歯磨きをした。

今日は死ぬつもりだったので昨夜は最後のオナニーをしたが、結局気が滅入って射精には到らなかったのだ。

しかし通常は、日に二回三回と抜かないと落ち着かないほど性欲だけは旺盛《おうせい》である。

大学時代、バイト代を貯めて風俗へ行こうかと思ったときもあるが、結局シャイで行けず、純愛を求めていたもののダサくてモテることはなかった。

だが今夜は、摩美を思いながらゆっくりオナニーできそうである。

治郎は湯から上がって口をすすぎ、身体を拭《ふ》いてT字帯と検査着を着た。

充電の済んだスマホを見てみたが、誰からもメールはないし、SNSを見る気もなかった。

すると、その時LINE《ライン》が入ったのである。

驚いて見ると、何と摩美からだった。充電するとき、自分のスマホとLINEをセットしていたのだろう。

「お食事終わりましたか」

「うん、お風呂も済んだ。世話になって申し訳ない」

彼も返信した。

「いいですか。絶対に約束は守って下さいね。その窓は飛び降りられるほど開かないようになってますから」

よほど摩美は心配してくれているようで、彼は親以外に心配してくれる人と初めて会い、本当に生きていて良かったと思った。

「ああ、絶対に約束は守るから、しっかり勉強して寝なさい」

そう入力して送信すると、摩美からも安心したような返事と、ハートマークの付いた絵文字が送られてきた。

スマホを切り、彼はベッドに横になり、備え付けのテレビを点けたが大したニュースもなく、それより摩美を妄想したくてスイッチを切った。

消灯は九時らしく、もう間もなくである。

（摩美ちゃんのママも美人だなあ……、さっきの同い年ぐらいのナースも魅力的だ……）

治郎は勃起しながら思い、人生で三人もの美女と続けて会った初めての体験に舞い上がった。やはり勇気を振り絞って、あの男に立ち向かっていって大正解だったのだ。

やがて彼は検査着の前を開き、T字帯を脱ぎ去ると、ピンピンに屹立《きつりつ》したペニスを露《あら》わにした。

すると、ちょうど天井の灯りが消えた。九時になったらしい。

治郎は枕元の灯りを点け、脇の棚にあるティッシュを引き寄せて拭く準備をしてから、幹を握ってしごきはじめた。

（ああ、気持ちいい……）

彼は快感に息を弾ませた。こんなに快適なベッドで、ゆったりオナニーする日が来るとは思わなかったものだ。

何しろ毎日抜いていたのに、昨夜だけは気が滅入って射精には到らなかったから、なおさらザーメンは溜まりに溜まっている。

だから今夜は、一度や二度の射精では落ち着かないかも知れない。

次第にリズミカルに幹をしごきながら摩美を思っていると、先端から粘液が滲《にじ》んできた。

しかし、その時である。

ドアが軽くノックされ、いきなり誰かが入ってきたのだった。

「わ……！」

治郎は声を洩《も》らし、慌《あわ》てて股間を隠そうとしたが、万全のオナニー体勢だったし完全に布団を剝《は》いでいたので、とても間に合わなかった。

「まあ……」

ベッドに近づいてきたのは、摩美の母親、白衣の豊満メガネ美女、由紀江であった。彼女は息を呑み、隠しようもなく勃起したままのペニスに熱い視線を釘付《くぎづ》けにしていた。

「す、済みません……」

言い訳できない状態で、彼は股間を隠しながら声を震わせた。

さすがにペニスはショックと羞恥で、徐々に萎縮しはじめている。

「ううん、若いのだから仕方ないわ。湿布の交換に来たのだけど、それどころじゃなさそうね」

由紀江は言い、持って来たものをテーブルに置くと、彼の手をやんわりと股間から離してペニスに触れてきた。もちろん検査かも知れないので、治郎もじっと息を詰めて身を強ばらせていた。

恐らく治郎が昏睡《こんすい》している間に血液検査などもして、彼が健康体というのも確認済だろう。そして今は、局部の機能も正常かどうか触診しているのではないだろうか。

メガネの美熟女に触れられ、陰嚢《いんのう》までやんわりと手のひらに包まれると、萎《な》えかけていたペニスが再びムクムクと雄々《おお》しく突き立っていった。

さらに幹を握られ、硬度や感触を確かめるようにニギニギ動かされると、

「ああ……」

彼は快感に喘《あえ》いで、女医の手のひらの中で幹を震わせた。

何しろ、風俗さえ未体験なのだから、二十五歳にして生まれて初めて女性に触れられたのである。

「女性経験は？」

微妙なタッチで愛撫《あいぶ》しながら、由紀江が訊いてきた。

「ま、全くありません……」

「まあ、ソープとかも？」

「ええ、ないです。触れられたのはこれが初めてなので……」

「そう、ずいぶんと奥手《おくて》なのね」

奥手というより、シャイでモテなかっただけである。

「でも自分ではしているのね。どれぐらいの頻度《ひんど》で？」

「ひ、日に二回か三回です……」

「そんなに。それだけ生身より妄想の方が良いのかしら」

「あ、相手がいなかっただけです……」

話している間も指で弄《もてあそ》ばれ、彼はクネクネと身悶《みもだ》えていた。

「い、いきそう……」

腰をよじりながら言うと、ようやく由紀江が手を離してくれた。

すると彼女は屈み込み、何と先端に口を寄せるなり、粘液の滲む尿道口をチロチロと舐めはじめてくれたのである。

「あう……」

治郎は、信じられない思いで硬直したまま呻いた。

何やら、さっきオナニーしたまま眠ってしまい、艶っぽい夢でも見ているような気分である。

由紀江は、さらに丸く開いた口でスッポリと喉《のど》の奥まで呑み込み、幹を締め付けて吸いながら、熱い息を股間に籠《こ》もらせたのだった。

3

「アア……、い、いっちゃう……」

治郎は限界を迫らせながら、警告も含めて口走ったが、由紀江はさらに顔を上下させ、濡れた唇でスポスポと強烈な摩擦を繰り返しては、口の中で滑らかな舌をからめてきた。

どうやら、このまま出して構わないらしい。

治郎は快感に任せ、無意識に自分からもズンズンと股間を突き上げると、もうひとたまりもなく、大きな絶頂の快感に全身を貫かれてしまった。

「いく……、ああッ……！」

治郎は喘ぎながら、熱い大量のザーメンをドクンドクンと勢いよくほとばしらせ、彼女の喉の奥を直撃した。

「ク……、ンン……」

噴出を感じた由紀江が小さく鼻を鳴らし、さらにチューッと吸い上げてくれたのだ。すると、脈打つリズムが無視され、何やらペニスがストローと化し、陰嚢から直に吸い出されているようだった。

彼は魂まで抜かれるような激しい快感に身悶え、美女の口を汚す禁断の興奮も加わって腰をよじった。

やがて最後の一滴まで出し尽くすと、治郎はグッタリと力を抜いて身を投げ出した。

由紀江も摩擦と吸引を止め、亀頭を含んだまま口に溜まった大量のザーメンをゴクリと一息に飲み干してくれた。

「あう……」

喉が鳴ると同時に口腔がキュッと締まり、彼は駄目押しの快感に呻きながら、飲んでもらった感激にうっとりと酔いしれた。

ようやく由紀江が口を離し、なおも余りを搾《しぼ》るように幹をしごき、尿道口に脹《ふく》らむ白濁の雫《しずく》までチロチロと舐めて綺麗《きれい》にしてくれたのだった。

「あうう、も、もういいです、有難うございました……」

治郎は降参するように呻き、ヒクヒクと過敏に幹を震わせた。

やっと彼女も舌を引っ込めて顔を上げ、

「若いから、濃くて多いわ……」

言いながらチロリと淫らに舌なめずりした。

ぼんやりと美しい顔を見上げながら、治郎の荒い息遣いと忙《せわ》しげな動悸がいつまでも続いた。

「これで落ち着いたでしょう。二回目で童貞を捨てるといいわ。もうこの階には誰も来ないから」

由紀江はベッドを降りて言い、白衣を脱ぎはじめたではないか。どうやら、まだまだ終わりではないらしい。

射精の余韻《よいん》に脱力したまま、彼が横になって見ていると、由紀江はためらいなくブラウスとスカートを脱ぎ去り、メガネを外すと女優のように整った素顔が現れた。

さらにブラを外すと、見事な巨乳が弾むように露わになり、ストッキングとショーツも下ろされて、とうとう一糸《いっし》まとわぬ姿になった。

今まで服の内に籠もっていた熱気が解放され、生ぬるく甘ったるい匂いが病室に満ちてきた。

その熟れた肢体と甘い匂いに、射精直後のペニスがたちまちムクムクと回復していった。

何しろ妄想オナニーだけで連続三回は抜いてきたのに、今は艶めかしい生身がいるのだから、何度でも出来そうだった。

やがて由紀江は、ゆったりと優雅な仕草で添い寝してきた。

治郎が左肩を痛めているので、彼女は右側から来た。

「いいわ、好きにしても」

言われて彼は、由紀江に甘えるように腕枕してもらった。

目の前で白い巨乳が息づき、腋《わき》からは甘い汗の匂いが漂っている。

一日働き、夕食は軽く済ませただろうが、入浴はこれから母屋へ戻ってからなのだろう。

治郎は彼女を仰向《あおむ》けにさせてのしかかり、上から巨乳に迫っていった。

チュッと乳首に吸い付き、舌で転がしながら、もう片方の膨らみに手を這《は》わせると、

「アア……」

すぐにも由紀江が熱く喘ぎ、うねうねと悶えはじめた。

やはり未亡人として、相当に欲求が溜まっているのかも知れない。

治郎は顔中で豊かな膨らみを味わいながら、左右の乳首を交互に含んで舐め回し、生身の女体に触れている感激に浸った。

充分に両の乳首を味わった彼は由紀江の腕を差し上げ、腋の下にも迫ると、何とそこには色っぽい腋毛が煙っていたのである。

やはり夫の死後は彼氏などもおらず、ずっと忙しくてケアなどしていないのだろう。

かえって治郎は興奮を高め、鼻を埋め込んで嗅《か》いだ。柔らかな腋毛の隅々には濃厚に甘ったるい汗の匂いが籠もり、彼は噎《む》せ返《かえ》るような熟女の体臭にうっとりと酔いしれた。

胸を満たすと、そのまま滑《なめ》らかな熟れ肌を舐め下り、形良い臍《へそ》を舌で探り、ぴんと張り詰めた下腹にも顔を埋めて弾力を味わった。

そして腰の丸みをたどり、脚を舐め下りていった。

本当は早く肝心な部分を見たり嗅いだりしたいが、せっかく口内発射したばかりだし、好きにして良いと言われているのだから、この際隅々まで美女の全身を味わいたかったのだ。

脛《すね》にもまばらな体毛があり、彼は野趣溢《やしゅあふ》れる魅力を感じた。きっと昭和の美女たちは、大部分がこうであったのかも知れない。

舌を這わせて足首まで下りると、彼は足裏に回り込んで踵《かかと》から土踏《つちふ》まずを舐め回した。

「あう、ダメよ、汚いから……」

由紀江はペットの悪戯《いたずら》でも叱るように言ったが、拒《こば》みはせず身を投げ出して好きにさせてくれた。

形良く揃った足指に鼻を押し付けると、そこは生ぬるい汗と脂に湿り、蒸《む》れた匂いが濃く沁《し》み付いていた。

(ああ、美女の足の匂い……)

治郎は興奮を高めながら鼻腔を刺激され、さらに爪先にしゃぶり付いて、指の股に順々に舌を割り込ませて味わった。

「く……、ダメ……」

由紀江が呻き、唾液に濡れた指先でキュッと彼の舌を挟《はさ》み付けてきた。

両足とも味と匂いを貪《むさぼ》り尽《つ》くすと、彼は股を開かせ、脚の内側を舐め上げていった。

白くムッチリと量感ある内腿《うちもも》をたどって、熱気と湿り気の籠もる股間に迫っていくと、

「お、お願いよ、入れて……」

由紀江が待ちきれなくなったようにせがんだ。

「初めてだからゆっくり見てから」

「まさか、舐めたりしたいの？」

「もちろんです」

「そ、それなら急いでシャワーを浴びてくるから……」

由紀江が、急に羞恥を湧かせたように言った。

あるいは童貞だから、すぐにも彼が挿入してくると思い、それで汗ばんだまま開始してくれたようだ。

「ううん、ナマの匂いも知りたいから」

治郎は股間から答え、中心部に目を凝らした。

ふっくらした丘には黒々と艶のある恥毛がふんわりと程よい範囲に茂り、肉づ

きが良く丸みを帯びた割れ目からは、ピンクの花びらがはみ出していた。

そっと指を当てて陰唇を左右に広げようとすると、溢れる愛液でヌルッと指が滑った。さらに奥に当て直して開くと、中身が丸見えになった。

「アア……、恥ずかしい……」

彼の熱い視線と息を股間に感じ、由紀江が喘ぎながら、白い下腹をヒクヒクと波打たせた。

（とうとうここまで辿《たど》り着《つ》いたんだ……）

治郎は感激と興奮に包まれながら、神秘の部分を観察した。

ピンクの柔肉全体が清らかな愛液にヌメヌメと潤《うるお》い、かつて摩美が生まれ出てきた膣口が、襞《ひだ》を花弁状に入り組ませて妖《あや》しく息づいていた。

ポツンとした小さな尿道口もはっきり確認でき、包皮の下からは小指の先ほどのクリトリスが、真珠色の光沢を放ってツンと突き立っていた。

裏サイトでは女性器を見たこともあるが、やはり息づく生身を目の当たりにするのは格別だった。

もう堪《たま》らず、彼は吸い寄せられるように顔を埋め込んでいった。

柔らかな茂みに鼻を擦りつけて嗅ぐと、生ぬるい汗とオシッコの匂いが蒸れて籠もり、悩ましく鼻腔を掻《か》き回《まわ》してきた。

胸を満たしながら舌を挿し入れると、熱いヌメリは淡い酸味を含み、彼は膣口の襞をクチュクチュ掻き回し、味わうようにゆっくりと滑らかな柔肉をたどり、クリトリスまで舐め上げていった。

4

「アアッ……、ダメ……！」

由紀江がビクッと顔を仰《の》け反《ぞ》らせて喘ぎ、弾力ある内腿でムッチリと治郎の両頬を挟み付けてきた。

やはりクリトリスが最も感じるのだろう。

彼がチロチロと舌先で弾くようにクリトリスを舐めるたび、愛液の量が増してきた。

さらに彼は由紀江の両脚を浮かせ、豊満な逆ハート型の尻に迫った。

谷間の奥には、薄桃色の可憐な蕾《つぼみ》がキュッと閉じられ、鼻を埋め込むと顔中に双丘が密着して心地よく弾んだ。

蕾にも蒸れた匂いが籠もり、彼は充分に嗅いでから舌を這わせて息づく襞を濡らし、ヌルッと潜《もぐ》り込《こ》ませて滑らかな粘膜を探った。

「あう……」

由紀江が驚いたように呻き、キュッと肛門で舌先をきつく締め付けた。

治郎が舌を蠢《うごめ》かせると、鼻先にある割れ目からは白っぽく濁った本気汁が溢れてきた。

充分に舌を動かしてから脚を下ろし、再びクリトリスに吸い付きながら指を膣口に挿し入れ、内壁を小刻みに摩擦すると、

「い、いきそうよ、お願い、入れて……」

由紀江が身を弓なりに反らせて口走り、彼も我慢できなくなったように顔を上げた。

「お願いです、最初は女上位が憧れだったので……」

添い寝しながら言うと、彼女も身を起こしてくれた。やはり初体験は年上の女性による手ほどきだろうから、彼はのしかかってもらうのが夢だったのである。

「あの、もう一つお願いが」

「なに……」

「白衣を羽織《はお》って、メガネも掛けて下さい。初対面のとき、なんて綺麗な先生だ

ろうと思ったので」

治郎がせがむと、由紀江も快《こころよ》く応じてくれ、手早く白衣を羽織ると、テーブルに置いたメガネを掛けてくれた。

そして彼を大股開きにさせて腹這いになると、何と由紀江は自分がされたように彼の両脚を浮かせ、尻の谷間を舐めてくれたのである。

チロチロと舌が肛門を舐め、熱い鼻息が陰嚢をくすぐった。さらにヌルッと潜り込むと、

「く……」

治郎は妖しい快感に呻き、モグモグと味わうように美人女医の舌先を肛門で締め付けた。

彼女も中で舌を蠢かせ、脚を下ろすと陰嚢にしゃぶり付き、舌で二つの睾丸を転がしてくれた。

「ああ……」

ここも実に妖しい快感があり、急所だけにチュッと吸われると思わずビクッと腰が浮いた。

やがて由紀江は充分に袋全体を生温かな唾液にまみれさせると、肉棒の裏側を

舐め上げ、再びスッポリと含んでくれた。

しかし今度は、舌をからめて唾液のヌメリを補充しただけで、すぐに口を離すと、身を起こして前進してきた。

白衣の前が開き、はみ出す巨乳が何とも艶めかしい。

彼女は自らの唾液に濡れた幹に指を添え、先端に熟れた割れ目を押し付けてきた。そして位置を定めると息を詰め、若い無垢《むく》なペニスを味わうようにゆっくり腰を沈めていった。

張り詰めた亀頭が潜り込むと、あとはヌルヌルッと滑らかに根元まで呑み込まれ、彼女も完全に座り込んで、ピッタリと股間を密着させた。

「アア……、いいわ、奥まで届く……」

由紀江が顔を仰け反らせて喘ぎ、キュッキュッと締め付けてきた。

治郎も、肉襞の摩擦と締め付け、潤いと温もりに包まれながら、初めて女体と一つになった感激と快感を噛《か》み締《し》めた。

由紀江は、何度かグリグリと股間を擦り付けてから、やがて身を重ね、上からピッタリと唇を重ねてきた。

「ンン……」

熱く鼻を鳴らして舌を潜り込ませ、彼も歯を開いて受け入れながらチロチロと舌をからめた。

これが彼にとってのファーストキスである。

さんざん互いの局部を舐め合った最後の最後、初体験の挿入をしてからのファーストキスも実に乙なものだった。

じっとしていても、息づくような膣内の収縮が心地よくペニスを刺激した。

由紀江が執拗《しつよう》に舌をからめると、彼女の熱い鼻息に治郎の鼻腔が湿り、下向きのため生温かな唾液が流れ込んできた。

治郎は美女の唾液をうっとりと味わい、喉を潤して酔いしれた。

そして舌をからめながら、由紀江が徐々に腰を遣《つか》いはじめると、治郎も下から両手でしがみつき、ズンズンと股間を突き上げはじめた。

すると由紀江が口を離し、淫らに唾液の糸を引きながら囁《ささや》いた。

「膝を立てて。強く動いて抜けるといけないから……」

言われて、彼も両膝を立てて豊満な尻を支えた。

そして腰を動かすと、すぐにも互いの動きがリズミカルに一致し、溢れる愛液で律動が滑らかになった。動きに合わせ、ピチャクチャと淫らに湿った摩擦音が

聞こえてくると、

「アア……、すぐいきそうよ……」

由紀江が顔を寄せて熱く喘いだ。口から吐き出される息は白粉《おしろい》のような甘い刺激が含まれ、悩ましく鼻腔が掻き回された。

「ああ、いい匂い……」

治郎は彼女の顔を引き寄せ、喘ぐ口に鼻を押し付けて喘いだ。

「本当？　夕食後の歯磨きもしていないのに……」

由紀江が、羞恥を甦《よみがえ》らせたように言ったが、腰の動きはさらに激しくなっていった。

「うん、このまま小さくなって、身体ごと由紀江先生のお口に入りたい……」

「それで？」

「細かく嚙んで飲み込まれたい……」

「食べられたいの？」

由紀江も、息を弾ませながら興味深げに訊いてくる。

「うん、美女のおなかで溶けて、栄養にされたい……」

治郎は自分の言葉に酔いしれ、さすがに二度目だが絶頂が迫ってきた。

「そんなこと言うと、本当に食べてしまうわよ……」

由紀江が言い、そっと治郎の頬に綺麗な歯並びを当て、咀嚼《そしゃく》するようにモグモグしてくれた。

「あう、もっと強く……」

興奮を高めながら突き上げを強めていくと、膣内の収縮と潤いが格段に増してきた。

溢れる愛液が陰嚢の脇を伝い流れ、彼の肛門の方まで生温かく濡らし、シーツにも沁み込んでいった。

もう限界である。口に射精したときも溶けてしまいそうな快感だったが、やはり男女が一つになるのは格別の感動があった。

「い、いく……！」

治郎は口走り、そのまま昇り詰めてしまった。大きな快感に包まれながら、ありったけの熱いザーメンをドクンドクンと勢いよくほとばしらせると、

「か、感じる……、出ているのね……、アアーッ……！」

由紀江も噴出を感じた途端、オルガスムスのスイッチが入ったように声を上ずらせ、ガクガクと狂おしい痙攣《けいれん》を開始した。

膣内の収縮が最高潮になり、治郎は心ゆくまで快感を嚙み締め、最後の一滴まで出し尽くしていった。

すっかり満足しながら、徐々に突き上げを弱めていくと、

「ああ、良かったわ……」

由紀江も声を洩らし、熟れ肌の硬直を解きながらグッタリと力を抜いてもたれかかってきた。

彼は美熟女の重みと温もりを受け止め、まだ名残惜《なごりお》しげな収縮の続く膣内に刺激され、中でヒクヒクと過敏に幹を跳ね上げた。

「あう、もう暴れないで……」

由紀江も敏感になっているように呻き、幹の震えを押さえつけるようにキュッときつく締め上げてきた。

治郎は彼女の喘ぐ口に鼻を押し込み、白粉臭の悩ましい吐息で胸を満たし、うっとりと快感の余韻に浸り込んでいった。

重なったまま呼吸を整えると、やがて由紀江がそろそろと身を起こして股間を引き離した。

「シャワー浴びる?」

「いえ、朝に浴びますので……」

もう身を起こすのが億劫《おっくう》になり、彼は答えた。

「そう、じゃ今夜はこのまま寝るといいわ」

由紀江は言い、ティッシュでペニスを拭ってくれ、手際よくT字帯も着けて、診察着も整えてくれた。

そして布団を掛けると自分も割れ目を拭《ぬぐ》い、手早く身繕《みづくろ》いをした。

やはり病室にあるシャワーよりも、母屋に戻ってからゆっくり入浴したいのだろう。

やがて彼女は枕元の灯りを消すと、静かに病室を出ていった。

治郎は、いつまでも初体験の感激が去らず、

（本当に、生きていて良かった……）

と思った。そしてさすがに今日は疲れていたのか、そのまま深い睡《ねむ》りに落ちていったのだった……。

5

「おはよう、ぐっすり眠れたかしら」

朝六時、摩美からのLINEが入った。

「うん、よく寝られたよ。肩の痛みもだいぶいい」

「そう、良かったわ。あとで顔を出しますね」

摩美が言い、LINEを切った。まさか昨夜、自分の母親と治郎が濃厚なセックスをしたなど夢にも思っていないだろう。

治郎も心地よい目覚めで、ベッドから降りてカーテンを開けると、今日も良く晴れて冬の海が凪《な》いでいた。

そして彼は、歯磨きしながら朝シャワーを浴びた。

ふとした拍子に、昨夜の由紀江の匂いや感触が甦り、童貞を捨てたという感激が胸に湧き上がった。しかもセックスの処理をしたティッシュは、病室のクズ籠《かご》に入っているので、それが夢ではない証拠だった。

また横になりスマホを見たが、相変わらず誰からのメールもない。

昨日、死んでいたらどうなっていただろう。海で発見されて身元が割れても、警察だってどこへ知らせて良いか分からないに違いない。

しかし、もう天涯孤独ではないのだ。

摩美は僅かな教育実習期間に治郎に憧れを寄せ、その思いは今再燃焼しているようだし、その母親の美人女医とも懇《ねんご》ろになってしまった。

由紀江も大きな快感を得たようだから、あれきりということもないだろう。

やがて夜勤明けだったらしい恵利香が、朝食を持って来てくれた。

朝も和食で、飯に漬け物に味噌汁、ウインナーにサラダだ。

「よく眠れました？」

「ええ、おかげさまで」

「今日の午前中、警察が来ると言っていたけど、その時は連絡するので一階のロビーまで来られるかしら」

「ええ、足は何でもないから行きますので」

彼が答えると、恵利香はすぐ出て行った。夜勤を終え、これから寮のハイツに帰って寝るのだろう。

治郎は朝食をゆっくり味わい、全て空にして茶を飲んだ。

そしてしばし休憩していると、別のナースが洗濯と乾燥を終えた治郎の服を持って来てくれた。

ぽっちゃりした三十歳前後で、これもなかなかの美人。名札には辰巳《たつみ》と書かれている。

「刑事さんが見えるそうですので」

「そう、じゃ降りますね」

治郎が答えると、彼女は空膳を下げて先に出て行った。

彼は検査着の上から自分のブルゾンを羽織り、スリッパで病室を出た。

三階は、二つある個室と、二人部屋がいくつかあり、がらんとしているので他の患者はいないようだ。

エレベーターでなく階段で下り、二階を見てみると複数の病室とナースステーションがあった。

そして一階は、受付と待合室、診察室に手術室などもあるようだ。

治郎はロビーに行ってみると、大学へ行く前の摩美の姿があった。

そして刑事らしい背広の男が二人いて、すぐ由紀江も出てきた。

「済みません、早くに」

「いいえ、診療時間前なので助かります」

刑事が言うと由紀江が答え、それぞれ腰を下ろした。

二人の中年の刑事は、やはり少々胡散臭《うさんくさ》げに治郎を見てから、母娘に向かって言った。

「まずご報告します。犯人は今朝がた逮捕されました」

「そうですか、良かった……」

刑事の言葉に由紀江が答え、摩美もほっとした表情を浮かべていた。

「煽り運転の常習犯というより、何件もの被害届が出ている暴行魔でした。しかも麻薬も所持していました」

「まあ……、暴行魔……」

由紀江が息を呑む。

「ええ、ですから、お嬢さんは危ういところで被害に遭わなかったのです」

刑事が言う。昨夕からずっと、摩美の車載カメラの分析からナンバーを割り出し、一夜かけて捜索していたらしい。

「ならば、当分は出てこられないですね」

治郎が言うと、

「ええ、十年や二十年はブチ込まれるべき奴です。ところであなたは」

刑事が答え、治郎の身上調査を始めた。

あらかた摩美から、教育実習のことなどは聞いているようだが、何しろ治郎は保険証とキャッシュカードしか持っていないので、親族もおらず今は住所不定ということを手短に話した。

「そう……、身投げしようとしたのですか……」

刑事が言い、さらに摩美との経緯《いきさつ》を確認させられた。

「で、トラブルになったときは」

「はあ、済みません。先に手を出したのは僕の方です。何しろ喧嘩をしたことがなく力も弱いので、先手必勝と思い、コーヒー缶で殴りました。結局、呆気《あっけ》なく負けましたが、それって暴行罪になりますか」

「いや、相手が相手だから、それは問題にならないでしょう」

刑事に言われ、治郎もほっとした。

さらに摩美の車の破損も、後続車としてぶつかったものの不問ということで、関わりたくないので由紀江も訴えを起こさないようだった。

もちろん治郎も大した怪我ではないので、訴訟を起こすつもりはない。

どうせ犯人は、多くの罪で長く投獄されるだろうし、治郎は昨日のことが切っ掛けで良い思いをしているのだから肩の痛みぐらい我慢できる。

やがて刑事も、一通りの確認をしただけで引き上げていった。

「じゃ私も出かけますね。掛川先生、まだしばらくはいて下さいね」

摩美が立ち上がり、治郎に言った。彼が頷《うなず》くと、摩美は手を振って元気に病院を出ていった。

由紀江は、まだ開業時間まで間があるようだ。

「もう肩も何でもないので、いつまでもお世話になっているわけにいきません」

治郎は由紀江に言い、つい昨夜の熟れた肢体を思い浮かべ、股間を熱くさせてしまった。

「でも、しばらくは病室も満員にはならないから、まだ三階の個室を使って構わないわ。あらためて、大変な犯人から摩美を救ってくれて、感謝の気持ちでいっぱいです」

「いえ、かえって恐縮です」

「それより掛川さんの今後の身の振り方ですが、どうせ当てがないのなら、ここで働いてみませんか」

「え……」

「もちろん雑用が主で、廊下やトイレ掃除なんかもお願いすることになるけど」

「そ、それは有難いです。何でもやりますので」

「じゃ、もう決して死ぬ気なんか起こさないわね」

由紀江が、レンズの奥からじっと彼を見つめて言った。

「起こしません。それはもう、絶対にお約束します」

あんな良い思いをさせてもらったのだから、と後半は心の中で言いながら、彼は強く頷いた。

「そう、ならばお昼に家へ来て。義父がお話ししたいというので」

由紀江が言う。義父というのは彼女の亡夫の父親、八十歳になるという院長の白浜祐介《ゆうすけ》である。

「分かりました。ではお宅へ伺《うかが》いますので」

「私は仕事があるので、正午に勝手に行って頂戴。優子《ゆうこ》ちゃんには、あ、辰巳さんのことね。彼女にはあなたの昼食はナシと言っておくので、家に行ってチャイムを鳴らせば、すぐ義父が出てくるから」

「はい、そうします」

治郎は答え、まずは昼まで三階で時間を潰すことにした。

やがて開業時間となると、通いの患者たちが来て一階は賑《にぎ》わい、治郎は三階の個室で久々にSNSやテレビなどを見て過ごした。

しかし、まだ逮捕されたばかりなので、暴行魔のニュースなどは流れていなかった。

そして昼になると彼は自分の服を着て、今度はエレベーターで一階に降り、外に出て裏へ回ると、白浜の表札のかかった大きな家がすぐに分かった。

彼がチャイムを鳴らすと、すぐに応答があって門扉が開かれたのだった。

第二章　美人ナースの熱き蜜

1

「おお、掛川治郎君だね。良く来てくれた。まずはお礼を言わねば。摩美を暴行魔から救ってくれて、本当に有難う」

玄関で、祐介が深々と頭を下げて言う。

八十歳で体重は九十キロほど、紺色の作務衣《さむえ》に丸メガネ、スキンヘッドというより禿《は》げているらしく、精力満々な印象だった。

院長とは、すでに名ばかりで隠居に近い状態、病院の全ては息子の嫁である由紀江に任せているようだ。

「とんでもありません。摩美さんが無事で何よりでした」

「まずは中へ」

祐介が言い、彼も靴を脱いで上がり込むと、リビングに招かれた。

テーブルには、すでにビールやワインや料理が並んでいる。どうやら料理の趣味もあるようで、昼からステーキだ。

だから医者というよりは、美食家の文化人風である。

「怪我の具合はどうかね」

「おかげさまで、もう治りました」

「そう、まずは一杯」

祐介がビール瓶を差し出してきたので、彼もグラスを手にして受けた。アルコールは付き合い程度だが、何しろ貧乏だったので一年ぶりぐらいである。

とにかく乾杯して喉を潤すと、久々のビールが腹に沁み渡った。

「食いながら話そうか。遠慮なく」

祐介が言い、すぐにも肉を口に運んだ。

「はい、頂きます」

治郎も焼きたての肉を食い、病院食とは違う濃厚さに舌鼓《したつづみ》を打った。

「由紀江から聞いているかと思うが、うちで働いてもらいたい。もちろん、二度と死のうとしないのが条件だが」

祐介が肉を頬張りながら、すでに事情は聞いているように言った。

「はい、由紀江先生とも約束しました。決してご迷惑はかけませんので、お世話になれれば嬉《うれ》しいです」

「うん、それより相当に摩美が治郎君に惚れ込んでいるらしい」

祐介が言い、チラと彼を見上げてから また肉を口にした。

確かに、祐介にとって摩美は唯一の親族で、相当に溺愛《できあい》しているようだ。

もう摩美も十八だから、仮に由紀江が他に男を見つけて出てゆこうとも、摩美は置いていってくれるだろう。

もっとも由紀江も、この家に残っていた方が次期院長の席や財産があるし、今さら再婚なんて面倒なことなど考えていないように思えた。

「とんでもありません。そのうち大学で良い人を見つけることでしょう」

「ああ、だが摩美は見た通り何しろ奥手だ。そのくせ母親に似て情熱的なところもある」

祐介は健啖《けんたん》ぶりを見せながらも、会話が途切れることはなかった。

治郎も、女性相手ではないから遠慮なく食事をし、緊張も薄れて金持ちの院長相手に気さくに話せるようになっていた。

ある程度、皿とビール瓶が空になると、祐介がワインを注いでくれた。

どうやら昼から飲む習慣なのか、あるいは来客の時だけこうするのか、どちらにしろ年齢的に夜は早いだろうから昼間に楽しむのだろう。

治郎もちびちびとワインを舐め、徐々に良い気分になってきた。

「三階の個室は空いているから、もうしばらくあそこで寝起きして良いが、いずれ寮の空室に移ってもらいたい」

「はい、仰る通りに致します」

「寮も女ばかりだから、用心棒代わりのつもりで」

「あまり頼りになりませんが」

「いや、男がいるだけでナースたちの気持ちも引き締まろう。何か必要なものがあれば言ってほしい」

「今のところ、特に何もありません」

「確かに、一度は何もかも捨てたのだからな」

祐介が苦笑して言い、あらためて治郎も、どうして死のうなどと安易に考えたのか、今はつい昨日の自分の気持ちすら分からなかった。それは恐らく、昨夜に由紀江と目眩《めくるめ》く体験をしたからなのだろう。

「国語教師志望だったのだから、趣味は読書かな」

祐介がワインで口を湿らせて言う。やはり治郎の見た目は華奢《きゃしゃ》で、まずスポーツなどしたことがないことは分かるのだろう。

「はい、ひたすら本ばかり読んでいました。アパートを夜逃げするとき、蔵書は全て処分してしまいましたが」

「そうか、私の書斎に来てくれ」

彼はグラスを干すとそう言って立ち上がり、治郎もグラスを置いた。

リビングを出て、祐介に案内されるまま階段を上がった。

階下はキッチンにバストイレ、祐介の寝室に由紀江の部屋などがあるようで、二階にもトイレがあり、摩美の私室や客間の奥に、彼の書斎があった。

広い洋間に重厚な机が据えられ、所狭しと周囲に並んだスライド式の本棚には夥《おびただ》しい蔵書が納められていた。

「すごい……」

本好きな治郎は、背表紙を眺《なが》めて感嘆した。

大部分は豪華な医学書が主で、祐介が棚をスライドさせると、奥には谷崎潤一郎に江戸川乱歩、夢野久作に沼正三などの本が並んでいる。

専門の医学の他は、どうやら耽美やミステリーが好きなようだ。

「乱歩の屋根裏の散歩者が好きでな、ナース寮の天井裏に忍び込んで覗きたい衝動に駆られたこともあったよ」

祐介は笑い、ほろ酔いに顔を赤くして言う。

「はあ、実現したら面白い体験だったでしょうね」

「分かるか。わしもこの歳だから、実際の生身を抱くよりは、視覚や聴覚、嗅覚だけで満足するようになってきた」

祐介が、すっかり打ち解けたように口が軽くなっていた。

やはり年齢からして、射精そのものは控え、逆に性欲や若い女性への執着が強くなっているのかも知れない。そして体力の衰えに反比例し、五感が研《と》ぎ澄《す》まされてきた感じである。

ふと見ると、書斎の隅にドアがあった。治郎は気になってドアを見つめたが、それに気づいた祐介が何も言わないので、初対面だし彼も遠慮して奥に何があるか訊くことはしなかった。

「ほしいものがあれば持っていって良い」

「はい、じゃこれとこれを」

言われて、治郎は未読のミステリーを二冊借りることにした。

「さて、飲み直すとするか」

祐介が言って書斎を出たので、治郎も本を持って階下に降りた。

再びリビングでワインを舐め、祐介は彼の女性体験なども突っ込んで訊いてきたが、何しろ何の体験もないから片思いの話などを答えた。

もちろん昨夜の初体験、由紀江とのことは言うわけにいかない。

「オナニーの頻度は？」

祐介はあけすけに訊き、彼も正直に日に二回三回と答えた。

「うん、わしの二十代の頃と同じだ。もっとも忙しくて疲れ切っていたが、それでも抜かないと寝られなかったものだ」

祐介は言い、自分も多くの体験をしてきたことを語ってくれた。

治郎は、性に関してこんなに人と話したのは初めてだったので、いつしか何やら、この老人が心の師匠のように思えてきたものだ。

「ああ、こんなに際どい話で盛り上がったのは初めてだ。君は、こういう話をしたくなるような雰囲気がある」

祐介が言う。恐らく、もともと相性というか、性癖の似かよった部分があったのだろう。

「わしも近々隠居して、時間が有り余るからな、話し相手になってくれ」

「はい、喜んで。いろいろ教えて下さいませ」

治郎も答え、やがてワインボトルも空になったので彼も失礼することにした。

というのも祐介が夕方から、友人と会うため出かけると言ったからだ。

「では、失礼いたします」

「ああ、また来てくれ」

玄関まで見送りに来てくれた祐介に辞儀をし、治郎は屋敷を出た。

そして門から出て、病院に向かう途中ナース寮のハイツ前を歩いていると、

「あ、ちょうど良かったわ」

窓が開いて、パジャマ姿の恵利香が声をかけてきた。

どうやら夜勤明けで眠り、今起きたところらしい。

「はい」

「ちょっと手伝ってもらいたいことがあるのだけど、時間あるかしら」

「はい、ずっと暇ですので」

「じゃ入って」

言われて治郎は入り口に回った。

作りはハイツだが、玄関は共有の場所で下駄箱が並んでいる。消臭剤の香りとともに、十人ばかりのナースの足の匂いがほんのり感じられ、いかにも女の園に入るという興奮が湧いた。

上がると、そこは広い厨房と食堂のようになっていたので、どうやら当番制で誰かが食事の仕度をするらしい。

廊下にはドアが並び、その一つが開いて恵利香が手招きした。

中に入ると広いワンルームタイプで、さすがにバストイレは各部屋にあるらしく、小さなキッチンもあるが、やはり自炊は面倒らしく綺麗で、皆と食堂で食事するようだ。

部屋にはベッドとテーブル、本棚やテレビが置かれ、治郎は室内に籠もる生ぬるく甘ったるい女の匂いに胸を高鳴らせた。

2

「あの、手伝いって何でしょう」

治郎は、どうせ家具の移動などの力仕事と思って恵利香に訊いた。

すると彼女は窓とカーテンを閉め、パジャマ姿のままベッドに腰掛けた。

白衣でなく、どんな格好をしていても美人である。

「院長に会ってきたのね。肩は痛まない？」

「ええ、もうすっかり大丈夫です」

「そう、それなら私が気持ち良くなる手伝いをして」

言うなり恵利香がパジャマを脱ぎはじめ、治郎は驚きに目を丸くした。

「見てないで、あなたも脱いで」

恵利香が形良い乳房を露わにし、ズボンも下着ごと脱ぎ去ってしまった。

その艶めかしさに、治郎も戸惑いながら服を脱ぎはじめた。

ほろ酔いだが気分が良く、彼自身も痛いほどピンピンに突っ張りはじめてしまった。

「寮はみんな出払っているから心配要らないわ」

たちまち一糸まとわぬ姿になり、恵利香がベッドに仰向けになって言う。

どうやら寝起きで、窓から彼を見た途端急激に淫気を催《もよお》したのかも知れない。

彼女が全裸になっているのだから、からかわれているはずもなく、たちまち治郎も全て脱ぎ去ってしまった。

「すごい勃《た》ってる、嬉しいわ。来て……」

恵利香が目をキラキラさせて言い、治郎も吸い寄せられるようにベッドに横たわっていった。

同い年ぐらいの女性を相手にするなど初めてである。まあ知っているのは、まだ由紀江だけなのだが。

枕にもシーツにも、二十代半ばの女の体臭が濃厚に沁み付き、その匂いが鼻腔から胸に広がり、さらに股間に伝わっていった。

すると恵利香が身を起こし、彼を仰向けにさせた。

「私、好き勝手にするのが好きなの。何してもいいかしら」

上から、気の強そうな眼差しで彼を見下ろしながら言う。

「いいですよ。何をしても」

どうせ死のうとしていたんだから、と言いかけて止めた。いつまでも哀れっぽさを売り物にするのも良くないだろう。

「良かった。そんなタイプに思えたんだ」

恵利香は言うなり、いきなり大胆にも仰向けの彼の顔に跨《また》がってきたのだ。

(うわ……)

生ぬるくゆらぐ風を顔に受けながら、治郎は驚きに目を見張った。

顔の上で美人ナースの脚がM字になり、白い内腿がムッチリと張り詰めた。

彼女は完全に和式トイレスタイルでしゃがみ込み、まるでオマルに跨がったようにベッドの柵に両手で摑《つか》まった。

治郎の鼻先に、割れ目が迫った。恥毛は濃い方で、割れ目からはみ出した陰唇は縦長のハート型をして、間から驚くほど大きめのクリトリスが覗いていた。

それは親指の先ほどもあって、幼児の亀頭のように張り詰めてツヤツヤと光沢を放っている。

この大きなクリトリスが、恵利香の力の源のような気がした。

「舐めて……」

言うと彼女は割れ目に指を当て、陰唇をグイッと左右に広げた。

息づく膣口はすでにヌラヌラと大量の愛液に潤い、ポツンとした尿道口もはっきり見えた。そして包皮も剝《む》くので、大きなクリトリスが完全に露出して突き出された。

まるで果実の皮を剝き、弟に食べさせてくれるような仕草である。

治郎が舌を伸ばすと、同時に恵利香も割れ目をキュッと密着させてきた。

柔らかな茂みが鼻を覆《おお》い、隅々には生ぬるく濃厚に蒸れた汗とオシッコの匂いが籠もっている。

どうやら夜勤明けの朝方は疲れて、帰宅してすぐに眠ってしまい、入浴は起きてからの習慣らしい。

「匂うでしょう。ごめんね」

彼が鼻を鳴らして嗅いでいるので恵利香は言い、それでも口ほどには気にしていないように押し付けてきた。

治郎も女の匂いで鼻腔を満たしながら、返事の代わりに舌を這わせはじめた。

膣口の襞を搔き回すように舐めると、溢れる愛液ですぐにも舌の動きが滑らかになり、彼は味わいながらクリトリスまで舐め上げていった。

「あう、そこ……！」

恵利香がビクッと反応して呻き、さらに体重を掛けて股間を押しつけた。

「吸って、強く何度も……」

彼女が息を弾ませて言い、治郎も大きめのクリトリスにチュッと強く吸い付いてチロチロと舌で弾いた。

「アア、それいい……」

恵利香が白い下腹をヒクヒク波打たせながら熱く喘ぎ、さらに大量の愛液を漏らしてきた。

何しろクリトリスが大きめだから、乳首でも吸っている感じである。

治郎は小刻みに吸っては舌を這わせ、溢れるヌメリをすすった。

「い、いきそう……、待って、勿体《もったい》ないわ……」

恵利香が言って、名残惜しげに股間を引き離した。

「ここも舐められる？」

彼女が言い、返事も待たずにやや前進して、尻の谷間で治郎の鼻と口を塞《ふさ》いできた。

一瞬見えたピンクの蕾は、レモンの先のように僅かに突き出た艶めかしい形をしていた。彼の顔中に弾力ある双丘がピッタリと密着し、蕾に籠もる蒸れた匂いが鼻腔を刺激してきた。

大きなクリトリスもレモンの先のような肛門も、本当に女性というのは脱がせてみないと、どのような形になっているか分からないものだと思った。そして美女の神秘の部分を見た興奮が彼の全身を満たした。

治郎は心地よい窒息感に噎せ返りながら、懸命に舌を這わせて収縮する襞を舐め、ヌルッと潜り込ませて滑らかな粘膜を探った。

「あう、いい気持ち……」

恵利香が呻き、モグモグと肛門で舌先を締め付けてきた。

治郎が中で舌を蠢かせていると、さらに割れ目から漏れた愛液が生ぬるく彼の鼻先に滴《したた》ってきた。

「ああ……、いいわ……」

恵利香が言い、止むを得ず快楽を中断するようにゆっくり股間を引き離した。

そして仰向けの彼の上を移動し、屹立したペニスに屈み込み、やんわり幹を握りながら、粘液の滲む尿道口をヌラヌラと舐めてくれた。

「アア……」

「漏らしたらダメよ」

治郎が快感に喘いで幹を震わせると、恵利香が言ってスッポリと喉の奥まで呑み込んできた。

温かく濡れた口腔に根元まで納まり、彼がヒクヒクと幹を震わせると、恵利香はキュッと幹を締め付けて吸い、ネットリと舌をからめてくれた。

熱い鼻息が恥毛をくすぐり、たちまち彼自身は美人ナースの唾液にどっぷりと浸った。

さらに彼女がスポスポと摩擦してくれたので、

「い、いきそう……」

たちまち高まった治郎が警告を発すると、すぐに彼女もスポンと口を離した。

そして身を起こして前進し、彼の股間に跨がると、すぐにも割れ目を先端に押し付け、ゆっくり腰を沈み込ませていったのだ。

たちまち屹立した肉棒は、ヌルヌルッと滑らかな肉襞の摩擦を受けながら、熱く濡れた肉壺の奥に呑み込まれていった。

「アアッ……、いい……」

恵利香が顔を仰け反らせて喘ぎ、ピッタリと股間を密着させてきた。

治郎も、熱いほどの温もりときつい締め付けに包まれ、懸命に肛門を引き締めて暴発を堪《こら》えた。

彼女は何度かグリグリと股間を擦り付け、身を重ねてきたので治郎も両手を回して抱き留め、由紀江に教わった通り両膝を立てて蠢く尻を支えた。

「吸って」

恵利香が言って胸を突き出し、彼の口に乳首を押し付けてきた。

治郎もチュッと吸い付いて舌で転がし、顔中で柔らかな膨らみを味わった。

膨らみは程よい大きさで弾力があり、汗ばんだ胸元や腋から、甘ったるい汗の匂いが漂ってきた。

彼は左右の乳首を充分に愛撫すると、腋の下にも鼻を埋め込んでいった。

3

「あう、汗臭いの好きなの……?」

恵利香がビクリと呻き、治郎は返事の代わりに膣内の幹をヒクヒク上下させ、スベスベの腋に籠もる、噎せ返るように甘ったるく濃厚な体臭を貪った。

すると彼女が徐々に腰を動かしはじめたので、治郎も合わせてズンズンと股間を突き上げた。

たちまち愛液で動きが滑らかになり、互いの動きが一致してきた。

「アア……、すぐいきそう……。漏らさずに我慢するのよ……」

恵利香が動きを激しくさせながら、顔を寄せて熱く喘いだ。

湿り気ある吐息は、寝起きのため濃厚な花粉臭を含み、悩ましく鼻腔を刺激してきた。

嗅ぎながら、下から唇を重ねると、すぐにも恵利香がヌルリと舌を潜り込ませ

てきた。ネットリとからみつけると、生温かな唾液に濡れた舌が滑らかに蠢き、

「ンン……」

彼女が熱く鼻を鳴らし、執拗に治郎の舌に吸い付いては、膣内の収縮を活発にさせていった。

やがて息苦しくなったように恵利香が口を離し、喘ぎながら大量の愛液を漏らし、互いの股間を熱くビショビショにさせた。

「唾を垂らして……」

下から言うと、彼女も唾液を分泌させ、形良い唇をすぼめて迫ると、白っぽく小泡の多い唾液をトロトロと吐き出してくれた。

それを舌に受けて味わい、うっとりと喉を潤して酔いしれると、

「顔中ヌルヌルにして」

さらに彼はせがみ、突き上げを強めていった。

恵利香も拒まず、唾液を垂らしながら舌で顔中に塗り付けてくれた。

鼻も頬もヌラヌラとまみれて唾液でパックされたようになり、彼は美女の唾液と吐息の匂いに酔いしれながら絶頂を迫らせた。

「い、いきそう……」

「いいわ、私もいっちゃうから……」

許可を求めるように言うと、恵利香も声を上ずらせて答えた。

それなら治郎もリズミカルな突き上げと摩擦の中、恵利香の喘ぐ口に鼻を押し込み、濃厚な吐息を嗅ぎながら高まった。

寝起きという通常なら嗅げない濃度で、彼は美女の刺激的な匂いという一種のギャップ萌《も》えに興奮を高め、うっとりと鼻腔を満たしながらとうとう昇り詰めてしまった。

「い、いく……！」

すると同時に、まだ噴出も感じないうち恵利香が口走り、ガクガクと狂おしいオルガスムスの痙攣を開始したのだった。

「き、気持ちいいわ……、アアーッ……！」

彼女が喘ぎ、治郎は大きな快感の中で、熱い大量のザーメンをドクンドクンと勢いよくほとばしらせた。

「あう、もっと……！」

深い部分を直撃され、恵利香が呻きながらきつく締め上げた。

治郎も快感を噛み締め、心置きなく最後の一滴まで出し尽くしていった。

満足しながら動きを弱めていくと、恵利香も徐々に力を抜いて、グッタリと彼に体重を預けてきた。

「ああ……、すごいわ、こんなに気持ちいいの久しぶり……」

彼女が荒い呼吸で言い、まだキュッキュッと膣内を締め付け、彼自身がヒクヒクと過敏に震えた。

そして治郎も動きを止め、美女の重みと温もりを感じ、熱く悩ましい吐息を胸いっぱいに嗅ぎながら余韻に浸り込んでいった。

しばらく重なったまま互いに荒い息遣いを繰り返していたが、やがて恵利香が顔を上げ、

「顔中唾でヌルヌルよ。シャワー浴びましょう……」

呼吸を整えながら言って身を起こした。

股間を引き離すと、そのままベッドを降り、彼も起き上がって一緒にバスルームに移動した。

さすがに狭くて、トイレも一緒だから洗い場がない。二人はバスタブの中で身を寄せ合い、シャワーの湯を浴びて股間を洗い流した。

もちろん湯に濡れた肌を間近に見ているうち、すぐにも彼自身はムクムクと回

復してきてしまった。

「私のクリ、大きいでしょう」

彼女が、立ったまま自ら指でいじりながら言った。

「うん、すごく色っぽい」

「そう、もう一度舐めて」

恵利香が股間を突き出して言うので、治郎もバスタブの中に座り込んで顔を寄せた。

すると彼女はバスタブのふちに両足を乗せてしゃがみ込み、また脚をM字にさせて手すりに摑まった。治郎もチロチロと舌先で弾くように大きなクリトリスを舐め、再び溢れるヌメリをすすった。

「アア、いい気持ち……、何か漏らしちゃいそう……」

「いいよ、オシッコ出して」

恵利香が言うので、治郎も顔を埋めながら答えた。

濡れた恥毛は、もう大部分の匂いが消えてしまったが、愛液の量が格段に増してきた。

「顔にかかるわよ、いいのね……」

恵利香は息を詰め、高まった尿意を堪えようとしなかった。どうせバスルームだから、すぐ流せると思ったのだろう。

妖しい期待に胸を震わせながら舐めていると、柔肉の奥が迫り出すように盛り上がり、急に温もりと味わいが変化した。

「あう、出るわ、本当に……」

恵利香が呻いて言うなり、チョロチョロと熱い流れがほとばしってきた。

舌に受けて味わうが、それほど匂いも味も濃くなく、少しだけ喉に流し込んでも抵抗が無く、むしろ美女から出るものを取り入れる悦びが絶大だった。

「アア……」

彼女が声を震わせ、ゆるゆると放尿を続けた。

勢いが増すと、口から溢れた分が温かく胸から腹に伝い流れ、すっかり回復したペニスが心地よく浸された。

やがて勢いが衰えると、急に流れが治まった。

余りの雫がポタポタと滴り、それに新たな愛液が混じると、ツツーッと淫らに糸を引いた。それを舐め取り、残り香の中で舌を這い回らせると、

「も、もうダメ……」

恵利香が言って、バスタブのふちから脚を下ろした。そして再びシャワーの湯を浴び、二人でバスルームを出て身体を拭いた。

「もうこんなに勃ってるの？　悪いけど、そろそろ出かける仕度をしないといけないの」

「そ、そう……」

恵利香が言い、もう一回出来ると思っていた治郎は情けない声で頷いた。

どうやら、誰かと食事でもしにいくようだ。

「デート？」

「ううん、今は彼氏いないわ。お友達何人かと食事するだけ」

恵利香が服を着ながら答えた。今日はもう休みで、ナースの仕事は明朝かららしい。

仕方なく治郎も勃起を抑え、身繕いをした。

「そうそう、辰巳優子さんは、何でも言うこときいてくれるわよ」

「え……？」

恵利香の言葉に、彼はあの三十前後のぽっちゃりした色白のナースを思い浮かべた。

「私は性格きついけど、優子さんは頼まれたら嫌と言えない人なの。フワフワした天然で、三十歳のバツイチで実家に赤ん坊を預けて、たまに部屋の前を通るとオナニーする声が聞こえてくるから、相当に飢えているはずだわ。今日は日勤してから仮眠して、そのまま夜勤になるわよ」

恵利香が、貴重な情報を漏らしてくれた。ということは、恵利香も治郎に執着する気はなく、たまたま見かけて快楽の道具に使ったようで、それはそれで彼も嬉しかった。

訊くと、やはり恵利香は治郎と同い年で、治郎は何やら初めて同窓生とエッチしたような気になった。

やがて歯磨きとか化粧とか、出かける仕度もあるだろうから治郎は寮を出て病院に戻った。

三階の個室に戻り、横になるのに楽な検査着に着替えた。

もう肩を動かしても、全く痛みは感じなくなり湿布も剝がしていた。

本当は、痛いふりをして入院を長引かせる方が気楽なのだが、やはり祐介の期待に応え、少しでも早く働きたかった。

だから今夜一晩この個室を使わせてもらい、明日には寮に移って何か作業を始めるよう由紀江に言うつもりだった。

何しろ恵利香と懇ろになれたのだから、女子寮の一室に住むことにも、妖しい期待が湧いた。

やがて日が暮れ、摩美が病室に寄ってくれたが、元気そうな治郎を見て安心し、試験前ということですぐ引き上げていったのだった。

4

「今日はこのまま夜勤ですか？」

夕食の空膳を下げに来た優子に、治郎は思いきって話しかけた。

病院食といっても、外科が主だからそれほど味気ない献立《こんだて》ではなく、治郎は全て平らげて、徐々に体力も回復してきた。

「ええ、夕食後に少しだけ仮眠して、朝まで勤務だけど何か？」

優子が、アニメ声に近い可憐な声で答えた。今日も朝から勤務していたからか、汗っかきらしく甘ったるい汗の匂いが生ぬるく漂った。

「ええ、出来れば今後のことなど相談に乗ってほしいんです。院長や由紀江先生は何となく恐いので、まず辰巳さんに聞いてもらって、どんなものか意見を伺いたいんですけど」

「そう、いいわ。じゃ消灯後に来ますからね」

「有難う。お願いします」

治郎が言うと、優子は笑みを浮かべて病室を出ていった。

確かに、恵利香は気が強く我儘《わまま》なネコ派で、優子は従順なイヌ派といったタイプに思えた。

それに今は入院患者も、それほど重篤《じゅうとく》な人はおらず、病院内全体がノンビリしているように感じられる。

治郎は食後の歯磨きとシャワーを済ませ、祐介に借りたミステリーを読んでいたが、消灯時間が近づくと興奮と期待に胸が高鳴ってきた。何しろ恵利香とバスルームを出たとき、もう一回出来ると思ったのが不発になり、欲望がくすぶったままなのである。

本を閉じ、テレビを点けたが大したニュースもないので消し、スマホを見てみたが誰からもメールはなく、摩美からだけ、「勉強頑張ります」というＬＩＮＥがあったので返信しておいた。

昨夜は由紀江と濃厚な行為に耽《ふけ》ったが、昨日の今日だから続けて部屋に来るような心配もないだろう。それに今夜は、由紀江も後をナースたちに任せ、夕刻には帰ったようである。

やがて消灯時間になる頃には、彼はすっかり勃起していたので、もうT字帯も外して待機した。

天井の灯りが消えたので枕元の小さな灯りを点けると、すぐにもドアが軽くノックされ、優子が来てくれた。

彼女は治郎が横になっているベッドの脇に椅子を出して座り、

「いいわ、もう時間はゆっくりあるから、何でも相談してね」

笑みを浮かべて優しく言ってくれた。もうナースたちも、彼がここへ運ばれた経緯などは全て知っているので、摩美を守った男として、あるいは死のうとしていた気の毒な人と見ているのだろう。

「え、ええ、相談しようと思ったのだけど、こんなになってしまって……」

治郎は心から困ったようにモジモジと言い、薄掛けをはいで激しくテントを張った股間を差した。

「まあ……！」

優子が目を遣《や》り、息を呑んだ。

「何とかしてくれると有難いのですけど……」

「そんなこと、自分で出来るでしょう」

言うと優子は、怒った様子もなく、むしろ困惑しながら、か細く答えた。

「肩が痛くて、激しく動くことが出来ないので……」

治郎は羞恥と興奮に声を震わせ、検査着の紐を解いて左右に開くと、ピンピンに勃起したペニスが露わになった。

「ど、どうすればいいのかしら……」

「指で可愛がって下さい……」

「こう？」

言うと優子はそっと手を伸ばし、やんわりと幹を包み込んでくれた。

ほんのり汗ばんだ生温かな手が、ニギニギと幹をいじりはじめると、ゾクゾクと快感が突き上がってきた。

「ああ、気持ちいい……」

治郎は喘ぎ、美人ナースの手の中でヒクヒクと幹を震わせた。

「ね、どうか添い寝して……」

何でも言うことを聞いてくれるという恵利香の言葉を信じ、思いきって言ってみると、「いい？　誰にも内緒よ」

　優子は答え、そっと彼に添い寝してくれた。治郎も嬉々として彼女に甘えるように腕枕してもらい、なおもペニスを弄んでもらった。

白衣の腋の下に鼻を埋めると、さらに甘ったるい汗の匂いが繊維の隅々に沁み込み、うっとりと胸を満たしてきた。

「いい匂い……」

「あう、ダメよ、嗅いだら。すごく汗臭いから……」

優子が、彼の顔を覗き込んで、窘《たしな》めるように囁く。湿り気ある吐息は甘く、それに夕食の名残か淡いオニオン臭も混じり、悩ましく鼻腔が刺激された。

「ね、オッパイほしい……」

「ダメ、早く出してしまいなさい」

言うと優子は、しごく手の動きを早めた。

「いたたた……」

「まあ、ごめんなさい、強すぎたわね」

優子が思わず手を離して言ったので、治郎はそっと白衣の胸のボタンを外してしまった。

すると中は、何とブラだけではないか。暑がりなのか、それともこれから仮眠を取るだけだから、インナーなどは脱いでしまったのだろう。

そういえばパンストも穿《は》いておらず、来たときも素足にサンダルだった。

白衣を開くと、さらに濃厚な体臭が漂った。

ブラがフロントホックだったので、外してしまうと、中に丸い柔らかな何かが挟まっていた。それは二つの肉マンのようである。

「これは何？」

「ち、乳漏れパッドなのよ……」

訊くと優子が言うので、外してみると巨乳が現れ、濃く色づいた乳首には、ポツンと白濁の雫が浮かんでいるではないか。

どうやら、最初から感じていた甘い匂いは、汗ではなく母乳だったようだ。

興奮に堪らず、チュッと吸い付いて雫を舐めると、

「あう……」

優子が呻き、思わずギュッと彼の顔を胸に抱きすくめてきた。

治郎は顔中が柔らかな膨らみに埋まり込み、心地よい窒息感に包まれた。舐め

回しながら、隙間から懸命に呼吸すると、汗と母乳の匂いが濃厚に鼻腔を掻き回してきた。

「アア……」

優子が懸命に声を殺して喘ぎ、クネクネと身悶えはじめた。

コリコリと硬くなった乳首を強く吸うと、生ぬるく薄甘い液体が舌を濡らしてきた。

治郎は味わい、もう片方の膨らみにも指を這わせながらうっとりと喉を潤すと胸いっぱいに甘い匂いが広がってきた。

彼女もすっかり仰向けの受け身体勢になっているので、治郎はのしかかり、左右の乳首を含んでは、滲んでくる生ぬるい母乳を飲んだ。

「い、いい気持ち……」

優子もすっかり快感にのめり込んで喘ぎ、何やら母乳の分泌を促《うなが》すように、両手で巨乳を揉みしだいた。

治郎も吸い付いて飲み込んでいたが、次第に出が悪くなり、巨乳の張りが心なしか和《やわ》らいできたようだった。

充分に味わうと、彼は乱れた白衣の中に潜り込み、ジットリ湿った腋の下にも鼻を埋め込み、濃厚に甘ったるい汗の匂いを貪った。

　舌を這わせるとスベスベで、やがて彼は白い柔肌を舐め下りて臍を探り、さらに白衣を開くとショーツを引き脱がせてしまった。

　下着を両足首からスッポリ抜き取ると、彼は素足の裏に舌を這わせ、指の股に鼻を割り込ませて嗅いだ。そこもジットリと汗と脂で湿り、ムレムレの匂いが濃く沁み付いていた。

　爪先にしゃぶり付いて順々に指の股に舌を挿し入れると、

「あう、ダメよ、汚いから止して……」

　優子が豊満な腰をクネクネと焦《じ》れったげに動かして呻いたが、彼は両足とも全ての指の間の味と匂いを堪能し尽くしてしまった。

　そして股を開かせ、脚の内側を舐め上げるとムッチリした内腿をたどり、熱気と湿り気の籠もる股間に迫っていった。

　目を凝らすと、丘の茂みはそれほど濃くなく、割れ目を広げると中はヌラヌラとした大量の愛液が溢れていた。

　クリトリスは小指の先ほどで、そのまま顔を埋め込むと、茂みに籠もる濃厚に蒸れた匂いが鼻腔を悩ましく掻き回してきた。

彼は胸いっぱいに嗅ぎながら舌を挿し入れ、淡い酸味のヌメリをすすり、膣口からクリトリスまでゆっくり舐め上げていった。

5

「アアッ……、ダメ……、あう、いい気持ち……」

優子は治郎の顔を内腿で挟み付けながら喘ぎ、快感とためらいの中で新たな愛液を漏らしてきた。

彼は乳首を吸ったようにクリトリスにも吸い付き、匂いに酔いしれながら潤いを舐め取り、さらに優子の両脚を浮かせて豊満な尻に迫った。

大きな肉マンでも二つにするように、両の親指でムッチリと谷間を広げると、薄桃色の蕾がひっそり閉じられていた。

鼻を埋めて蒸れた匂いを嗅ぎ、舌を這わせて息づく襞を濡らし、ヌルッと潜り込ませると滑らかな粘膜は甘苦いような味覚があった。

「あう……！　何をしているの……」

優子が驚いたように呻き、キュッと肛門できつく舌先を締め付けてきた。

あるいは別れた夫には、尻の谷間など舐めてもらっていないのかも知れない。

治郎は舌を出し入れさせるように動かし、ようやく脚を下ろすと再び愛液が大洪水になっている割れ目を舐め回してヌメリをすすり、クリトリスに吸い付いていった。

「アア……、お願い、入れて……」

とうとう優子が挿入をせがみ、彼も股間から這い出して添い寝していった。

「入れる前に、お口で可愛がって」

言うと優子も、乱れた白衣姿のまま身を起こして移動し、大股開きになった彼の股間に腹這いになってきた。

「ここ舐めて、シャワー浴びて綺麗にしたから」

彼が両脚を浮かせて尻を突き出し、両手で尻の谷間を開くと、優子も嫌がらず顔を寄せてくれた。

「本当、綺麗な色だわ。私のは、汚れていなかった？」

彼がシャワーを浴びたと言ったので、優子は急に自分の股間が気になったように言った。

「うん、いい匂いだった。早く舐めて……」

言うと優子も熱い息を股間に籠もらせ、チロチロと肛門を舐め回し、自分がされたようにヌルッと潜り込ませてくれた。

「あう、気持ちいい……」

治郎は呻き、モグモグと肛門で美人ナースの舌先を締め付けた。

やがて彼は脚を下ろし、

「ここも舐めて」

陰嚢を指して言うと、優子も袋に舌を這わせて睾丸を転がしてくれた。

さらに、せがむように幹をヒクヒク上下させると、察したように優子も身を乗り出し、肉棒の裏側をゆっくり舐め上げ、粘液の滲む尿道口を舐め回し、そのままスッポリと呑み込んでいった。

「アア……」

治郎は快感に喘ぎ、美女の口の中でペニスを震わせた。

優子も久々らしいペニスを吸い、念入りに舌をからめてからスポスポと濡れた口で摩擦してくれた。治郎も股間を突き上げると、

「ンン……」

彼女は熱く鼻を鳴らし、リズミカルに摩擦してくれた。

「い、いきそう、跨いで入れて……」

治郎が口走ると、すぐに優子もスポンと口を離して身を起こし、前進して跨がってきた。

思えば、彼はまだ女上位しか体験していないが、受け身が性に合っているし、上から唾液や吐息をもらうのが好きなのである。

優子も息を詰め、位置を定めると味わうようにゆっくり腰を沈めて座り、ヌルヌルッと滑らかに受け入れていった。

「アアッ……、いい……！」

彼女が股間を密着させると、顔を仰け反らせて喘いだ。

そして上体を起こしていられないように身を重ねると、治郎も下から両手でしがみつき、両膝を立てて豊満な尻を支えた。

彼も感触を味わい、待ち切れないようにズンズンと股間を突き上げた。

「ね、お乳を顔にかけて……」

肉襞の摩擦を味わいながら言うと、優子も巨乳を突き出し、指で両の乳首をつまんだ。すると白濁の母乳がポタポタと滴り、さらに無数の乳腺から霧状になったものが顔中に降りかかってきた。

「ああ……」

治郎は生ぬるく甘ったるい母乳を顔中に受け、うっとりと酔いしれて喘いだ。

優子も両の乳首から充分に母乳を搾《しぼ》り出すと指を離し、後は律動に専念した。

顔を引き寄せて唇を重ねると、彼女もネットリと肉厚の舌をからめ、熱い鼻息で治郎の鼻腔を湿らせた。

「唾を飲ませて……」

唇を触れ合わせながら囁くと、彼女もトロトロと大量の唾液を口移しに注いでくれた。

生温かく小泡の多い唾液で喉を潤し、さらに彼は優子の口に鼻を潜り込ませ、熱く湿り気のある、オニオン臭の刺激を含んだ甘い吐息で胸を一杯に満たした。

「いい匂い……」

嗅ぎながら言うと、優子が恥じらうように息を熱く震わせた。

さらに優子の口に顔中を擦りつけると、彼女も舌を這わせ、母乳を舐め取って新たな唾液にまみれさせてくれた。

「い、いきそう……」

治郎が絶頂を迫らせて口走ると、

「いいわ、いっぱい出しちゃいなさい……」

優子が優しく答え、締め付けを強めてくれた。

彼も激しく股間を突き上げ、美女の唾液と吐息の匂いに包まれながら、激しく昇り詰めてしまった。

「く……！」

溶けてしまいそうな快感に呻きながら、熱い大量のザーメンをドクンドクンと勢いよくほとばしらせると、

「い、いっちゃう……、あぁーッ……！」

噴出を感じた優子も、オルガスムスのスイッチが入ったか、声を上げながらガクガクと狂おしい痙攣を開始した。収縮と締め付けの中、潮を噴くように大量の愛液が溢れ、彼の陰嚢から肛門まで生温かく濡らした。

唾液も母乳も汗も愛液も、ぽっちゃり型の優子は実にジューシーだった。

治郎は心ゆくまで快感を噛み締め、最後の一滴まで出し尽くすと、満足しながら突き上げを弱めていった。

「アア……」

優子も力尽きたように声を洩らすと、肌の硬直を解いてグッタリともたれかかってきた。まだ息づく膣内に刺激され、射精直後で過敏になったペニスがヒクヒ

クと震えた。

そして彼は重みと温もりを受け止め、優子の吐き出す悩ましい吐息を嗅ぎながら、うっとりと余韻を味わったのだった。

「すごく良かったわ……、こんなに感じたの初めてよ……」

優子が言って身を起こすと、ティッシュを手にして漏れないよう割れ目に当てながら、ゆっくりと股間を引き離していった。

そして割れ目を拭きながら屈み込むと、愛液とザーメンにまみれ、淫らに湯気さえ立てている亀頭にしゃぶり付いてきたのだ。舌を這わせて念入りにヌメリを吸い、綺麗にしてくれたのである。

「アア……、気持ちいい……」

もう無反応期も過ぎ、新たな快感に彼は喘いだ。

たちまち彼女の口の中で、ペニスは温かな唾液にまみれながらムクムクと回復してしまった。

「まあ、すごいわ……」

「も、もう一度いきたい……」

「いいわ、私はもう充分なので、お口に出しなさい。私もいっぱいミルクを飲んでもらったのだから」

優子が言い、再びスッポリと根元まで呑み込み、指先でサワサワと陰嚢をくすぐりながら舌をからめてきた。

「ああ、すぐいきそう……」

治郎は、顔中に残る優子の母乳と唾液の残り香の中、急激に高まって喘いだ。

快感に任せて股間を突き上げると、優子も顔を小刻みに上下させ、スポスポと強烈な摩擦を繰り返してくれた。

「いく……、アアッ……!」

たちまち二度目の絶頂に貫かれ、彼は喘ぎながらドクンドクンとありったけのザーメンをほとばしらせた。

「ンン……」

喉の奥に噴出を受け止めて呻き、優子は最後の一滴まで吸い出すと、ゴクリと一息に飲み込んでくれた。

優子はなおもチロチロと尿道口を舐め回し、

「も、もういい……、有難う……」

治郎が言うとようやく口を離してくれ、手早く白衣を羽織った。

「じゃ、寝る前にちゃんと顔とペニスを洗うのよ」

優子は言い、髪を直しながら病室を出ていったのだった。

第三章　美少女の幼い好奇心

1

「ね、私のお部屋に来て下さい」

昼過ぎ、摩美が治郎の部屋に来て言った。

治郎は今日、病室を出て朝から寮の部屋へと移っていたのだ。

身一つで、荷物などは何もないが、部屋は前に入った恵利香の室内と同じ作りである。

ベッドと壁掛けテレビが備え付けられ、トイレットペーパーや洗面用具、タオルなどは由紀江が揃えてくれた。冷蔵庫や冷凍庫、電子レンジなどは共同の厨房にあるし、食器類も余っていた。

あとは、ナースたちが戻ってきたら順々に挨拶《あいさつ》するだけだし、皆もう由紀江に聞いて治郎のことは知っているようだ。

寮は、階下に五部屋、二階に六部屋があり、これで治郎を加えて全て満室となったのである。

彼は厨房に余っていたカレーライスで昼食を済ませ、新居で歯磨きしながらシャワーも終えたところである。

治郎は呼ばれるまま、期待しながら摩美と一緒に病院裏の屋敷に入った。

「じいじは朝から医師会の集まりに行ってるんです」

摩美が、家へ案内しながら言う。由紀江も夕方まで病院の方だから、今は誰もいないようである。

階段を上がると、先に行く摩美のスカートの裾《すそ》が生ぬるい風を起こし、ムッチリした健康的な処女の脹《ふく》ら脛《はぎ》が艶めかしかった。

やがて部屋に入ると、奥の窓際にベッド、手前に学習机に本棚、あとは寮や病室と同じ壁掛けテレビと作り付けのクローゼットだけである。

特にぬいぐるみやポスターなどはなく、室内には思春期の甘ったるい体臭が悩ましく立ち籠めていた。

「今日から寮なんですね」

摩美がベッドの端に座って言い、彼は椅子に腰掛けた。

「うん、頼りないけど用心棒代わりなんだ。明日から病院の雑用を手伝う」

「そう、肩も治って良かったわ。私、先生と同じ場所で暮らせるなんて夢にも思っていませんでした。私も試験が済んだのでゆっくり会いたくて」

摩美が熱っぽい眼差しで言う。今日は午前中に大学へ行って試験を受け、昼食を終えて帰宅したようだ。

「もう先生じゃないんだから名前で呼んでね」

「じゃ治郎さん……」

摩美が、頰を紅潮させて小さく言った。

そして話が途切れると、相当に緊張しているのか、室内の匂いばかりでなく彼女本人から甘ったるい匂いが漂ってきた。どうやら決意を秘めて、祐介のいない日に彼を部屋に呼んだらしい。

治郎も、興奮に激しく股間が突っ張ってきてしまった。

ここ数日間で出逢った中で、摩美は唯一年下の美少女である。

彼女の気持ちは分かっているので、やがて治郎の方から積極的に行動することにした。

椅子から立って摩美の隣に移動し、腰を下ろした。

「摩美ちゃんは、好きな人はいないの？」

「ずっと先生、治郎さんだけ……」

「じゃキスした経験も？」

「ないです。もうすぐ十九なのに遅いですよね……」

「無理して早く経験することはないけど、じゃ、今してもいい？」

胸を高鳴らせながら言うと、摩美が俯《うつむ》いて小さくこっくりした。

治郎は彼女の頬に手を当て、そっとこちらを向かせながら顔を近づけた。摩美は長い睫毛《まつげ》を伏せ、頬を上気させている。

そのままそっと唇を重ねると、柔らかいグミ感覚の弾力が感じられ、ほのかな唾液の湿り気も伝わった。

間近に迫る頬は笑窪《えくぼ》が浮かんで、窓から射す午後の陽に水蜜桃《すいみつとう》のような産毛《うぶげ》が輝いていた。熱い鼻息が、もわっと彼の鼻腔を湿らせ、ほんのりと乾いた唾液の香りが感じられた。

いったん唇を離し、ソフトなファーストキスを終えると、再び唇を密着させて今度は舌を挿し入れていった。

滑らかな歯並びを舌でたどると、オズオズと彼女の歯が開かれた。

中に侵入し、生温かな唾液にまみれた舌を探ると、

「ンン……」

摩美が小さく鼻を鳴らし、それでも遊んでくれるようにチロチロと滑らかに蠢かせてくれた。治郎も激しく興奮し、美少女の甘い舌を舐め回しながら、ブラウスの胸にそっと触れると、

「アアッ……!」

彼女が口を離し、熱く喘いだ。鼻から洩れる息はほとんど無臭だったが、口から吐き出される息は、胸が切なくなるほど甘酸っぱく可愛らしい匂いが含まれ、鼻腔が掻き回された。

そう、この桃のような吐息で、あの世から生還したようなものだった。

「ね、脱いじゃおうか」

囁くと、すっかり覚悟を決めていたらしい摩美も小さく頷き、まずカーテンを閉め、震える指先でブラウスのボタンを外しはじめた。

もちろん真っ暗にはならず、冬の陽がカーテンの隙間からも射し込み、観察に支障はない。

治郎も手早く服を脱ぎ去り、全裸になって先にベッドに横になった。

やはり枕には、美少女の髪の匂いや汗や唾液など、様々な匂いが沁み付いて鼻腔が刺激された。

背を向けた摩美も、いったん脱ぎはじめるともうためらいはなく、ブラウスとスカート、ソックスを脱ぎ、ブラを外して滑らかな背を見せ、最後の一枚を下ろしていった。

そして一糸まとわぬ姿になると、恥じらうように急いで添い寝してきた。

治郎も彼女を仰向けにさせてのしかかり、まずは形良い膨らみに迫った。

いずれ由紀江のような巨乳になる兆《きざ》しを見せ、乳房はお椀を伏せたようで、さすがに乳首と乳輪は初々しい桜色だった。

右利きは左の乳首の方が感じると、前にネットで読んだことがあり、まずは右の乳首にチュッと吸い付き、舌で転がしながらもう片方に指を這わせ、顔中で思春期の弾力を味わった。

「アア……」

摩美がビクリと反応し、熱く喘いだ。

胸元や腋からは、生ぬるく甘ったるい汗の匂いが漂っているので、大学から戻ってすぐに治郎を呼んだのだろう。

あるいは体験者の友人から話を聞き、男がすぐにも入れてくるものとでも思っているのではないか。

とんでもない。全て隅々まで嗅いだり舐めたりして、挿入は最後の最後なのである。

彼が左右の乳首を交互に含んで舐め回すと、くすぐったそうに摩美がクネクネと身をよじり、さらに濃い匂いを揺らめかせた。

両の乳首を充分に味わうと、治郎は彼女の腕を差し上げ、ジットリと生ぬるく湿った腋の下にも鼻を埋め込んで嗅いだ。スベスベの腋には、さらに甘ったるい汗の匂いが濃く籠もり、嗅ぐたびに刺激がペニスに伝わってきた。

胸を満たしてから舌を這わせると、

「あん、ダメ……」

摩美が可憐に声を上げ、懸命に彼の顔を腋から追い出しにかかった。

治郎も素直に離れ、処女の柔肌を舐め下りていった。

愛らしい縦長の臍をチロチロとくすぐるように探り、ぴんと張り詰めた下腹に顔を押し付けて弾力を味わい、もちろん股間は最後に取っておいて、腰のラインから脚に舌を這わせていった。

脛もスベスベで、足首まで行くと足裏に回り、踵から土踏まずを舐め、指の間に鼻を押し付けた。

そこは生ぬるい汗と脂にジットリ湿り、ムレムレの匂いが可愛らしく沁み付いていた。

爪先にしゃぶり付き、指の股に舌を割り込ませて味わうと、

「あう、汚いですから……」

摩美が声を震わせて言うと、すっかり朦朧《もうろう》となって拒む力も湧かないようだった。治郎は両脚とも、全ての指の間の味と匂いを貪り尽くすと、やがて股を開かせていった。

脚の内側を舐め上げ、白くムッチリした内腿をたどり、処女の神秘の部分に顔を迫らせると、生ぬるい熱気が顔中を包み込んだ。

見ると、ぷっくりした丘には、ほんのひとつまみほどの若草が恥じらうように煙り、ゴムまりを二つ並べて押しつぶしたような割れ目からは、ピンクの花びらが僅かにはみ出していた。

そっと指を当てて陰唇を左右に広げると、微かにクチュッと湿った音がして、中身が丸見えになった。

全体は何とも綺麗なピンクの柔肉で、ヌラヌラと清らかな蜜に潤い、処女の膣口は花弁状の襞を入り組ませて息づいていた。

ポツンとした尿道口も見え、包皮の下からは小粒のクリトリスが光沢ある顔を覗かせている。

もう堪らず、治郎は吸い寄せられるようにギュッと鼻を埋め込み、恥毛に籠もる汗とオシッコの匂いを貪りながら、舌を挿し入れていった。

2

「アアッ……、ダメ、先生、恥ずかしい……」

摩美が熱く喘ぎ、内腿でキュッときつく治郎の両頬を挟み付けてきた。

彼は無垢な膣口の襞をクチュクチュ舐め回し、淡い酸味のヌメリを感じながらゆっくりクリトリスまで舐め上げていった。

チロチロと舐めるたびに新たな蜜が溢れ、彼はすすりながら執拗に最も敏感な突起を刺激した。

「ああ……、い、いい気持ち……」

とうとう羞恥を越え、摩美が正直な感想を洩らしはじめた。

白い下腹がヒクヒクと波打ち、やはり母親に似て感じやすく濡れやすいようだった。

味と匂いを堪能すると、治郎は彼女の両脚を浮かせ、オシメでも替えるような格好にさせて尻に迫った。

谷間の奥には、薄桃色の可憐な蕾がひっそり閉じられ、どうして最も隠された部分がこんなにも美しいのか不思議なほどだった。

鼻を埋めると顔中に双丘が密着して弾み、蕾に籠もった蒸れた匂いが悩ましく鼻腔を掻き回してきた。

充分に嗅いでから舌を這わせ、細かに収縮する襞を濡らしてから、ヌルッと潜り込ませて滑らかな粘膜を探った。

「あう……!」

摩美が呻き、キュッときつく肛門で舌先を締め付けたが、もう自分が何をされているかも分からなくなっているようだ。

やがて脚を下ろし、再び割れ目を舐めて大量の蜜をすすり、クリトリスにもチュッと吸い付くと、

「も、もうダメ……、どうか最後まで……」

摩美が腰をくねらせ、挿入をせがんできた。処女喪失が、今日の彼女の大目的なのだろう。

治郎も身を起こし、まずは摩美の胸を跨いで勃起した先端を彼女の鼻先に突き付けた。

「入れる前に、舐めて濡らしてね」

「こ、こんな大きなもの入りません……」

目の前にある男性器に、摩美が視線を釘付けにして言った。

「濡らせば入るからね。それよりコンドームを持っていないのだけど」

「大丈夫です、ママからピルをもらっているので……」

言うと彼女が答えた。もちろん避妊のためでなく、生理不順解消のため服用しているのだろう。

とにかく先端を唇に押し付けると、彼女も張り詰めた亀頭をくわえ、熱い鼻息で恥毛をくすぐりながら舌をからめてくれた。そしてたっぷりと唾液を出しながら吸い付き、顔を上げてスッポリと呑み込んできた。

「ああ、気持ちいい……」

治郎は処女にしゃぶられる快感に喘ぎ、摩美の口の中でヒクヒクと幹を震わせた。すると彼女も、息苦しくなったようにチュパッと口を引き離した。

　これだけ唾液にまみれれば大丈夫だろう。

　彼は摩美の股間に戻り、大股開きにさせて股間を進めた。

　正常位は初めてだが、彼女がすっかり受け身体勢になっているから迷うようなことはないだろう。

　先端を押し当て、擦りつけながら位置を定めると、摩美も身を投げ出してその瞬間を待っているようだ。

　これもネット情報だが、処女の場合は痛みが一瞬で済むよう一気に挿入するのが良いらしい。治郎はズブリと張り詰めた亀頭を無垢な膣口に押し込むと、あとはヌルヌルッと一気に根元まで押し込んでいった。

「あう……！」

　摩美が破瓜《はか》の痛みに眉をひそめて呻いたが、潤いが充分なので滑らかに貫くことが出来た。

　治郎はきつい締め付けと熱いほどの温もり、肉襞の摩擦を感じながら股間を密着させ、脚を伸ばして身を重ねていった。

　胸で乳房を押しつぶし、彼女の肩に手を回して密着すると、恥毛が擦れ合いコリコリする恥骨の膨らみも伝わってきた。

「痛いかな。大丈夫……？」

「平気です……」

囁くと、摩美が薄目で彼を見上げて健気《けなげ》に答えた。

上から唇を重ねて舌を挿し入れると、今度は摩美も積極的に吸い付き、ヌラヌラと激しく舌をからめてくれた。

治郎も様子を見ながら、少しずつ小刻みに腰を突き動かしはじめると、溢れる愛液ですぐにも律動が滑らかになってきた。

そして彼もいったん動きはじめると、あまりの快感に気遣いも忘れて腰が止まらなくなってしまった。

「ああッ……」

摩美が口を離して顔を仰け反らせ、熱く喘いだ。しかし止めなくて良いと言うふうに、下から激しく両手でしがみついてきた。

治郎は美少女の甘酸っぱい果実臭の吐息を嗅ぎながら、いつしか股間をぶつけるように激しく動いてしまった。

摩美も、もう痛みが麻痺したように身を投げ出している。

処女が相手だから、長引かせる必要もないと思った途端、治郎は激しい絶頂の快感に全身を貫かれてしまった。

「い、いく……」

口走りながら、熱い大量のザーメンをドクンドクンと勢いよく注入すると、

「あ、熱いわ……」

噴出を感じたように摩美が言い、応えるようにキュッキュッときつく締め付けてきた。

治郎は心ゆくまで快感を嚙み締め、最後の一滴まで出し尽くしながら、処女を征服した快感に全身を包まれた。

すっかり満足しながら徐々に動きを弱めていくと、摩美も初体験の感慨に浸るように硬直を解き、グッタリと力を抜いていった。

まだ膣内は、異物を確かめるような収縮が続き、刺激された幹がヒクヒクと内部で過敏に跳ね上がった。

そして彼は、美少女のかぐわしい吐息を胸いっぱいに嗅ぎながら、うっとりと快感の余韻に浸り込んでいったのだった。

(とうとう母娘の両方としてしまった。しかも童貞を捧げた女性の、娘の処女を

奪ったんだ……）

彼は思い、摩美も身を投げ出して荒い息遣いを繰り返している。

治郎はそろそろと身を起こし、股間を引き離していった。

「く……」

ヌルッと抜けるとき、摩美が呻いてピクリと反応した。彼はティッシュで手早くペニスを拭い、彼女の股間に潜り込んだ。

処女を失ったばかりの割れ目は、痛々しく陰唇がめくれ、逆流するザーメンにうっすらと鮮血が混じっていた。その赤さに、いかにも処女を奪ったのだという感激と責任感が湧いた。

しかし大した出血ではなく、すでに止まっているようだ。

彼はそっとティッシュを当ててヌメリを拭ってやり、

「シャワー浴びようか」

言うと摩美もすぐに身を起こしてきた。

支えながらベッドを降り、全裸のまま階段を下りた。他人の邸宅を全裸で歩き回るのも妙なものだが、まず誰かが来る心配はないだろう。

一緒にバスルームに入り、シャワーの湯で互いの全身を洗い流すと、摩美もほっとしたように椅子に座った。

「まだ中に何かあるみたいです。でも、体験できて嬉しい……」

摩美が微かな笑みを向けて言う。後悔している様子はないので、治郎も安心したものだった。

もちろん美少女の湯に濡れた肌を見ているうち、彼自身はすぐにもムクムクと回復していった。

「ね、ここに立って」

治郎は洗い場の床に座り、言って目の前に彼女を立たせた。

「どうするんです……」

「ここに足を乗せて」

摩美の片方の足を浮かせてバスタブのふちに乗せ、彼は開かれた股間に顔を埋めた。

「オシッコ出してみて……」

「そんな……、無理です、出ません……、あん……」

驚いて答えたが、彼が割れ目を舐めるとビクリと反応した。

濃厚だった匂いは薄れてしまったが、やはり新たな蜜が溢れて舌の動きがヌラヌラと滑らかになった。

「アア……、ダメです、吸われたら本当に出ちゃいそう……」

摩美は脚をガクガク震わせて言ったが、刺激されるうちに尿意が高まってきたようだ。

なおも期待しながらクリトリスを吸うと、柔肉が蠢いて味わいが変わり、たちまちチョロチョロと熱い流れがほとばしってきたのだった。

3

「あう……、離れて下さい……」

摩美が言いながらも勢いを付けて放尿し、フラつく身体を支えるように治郎の頭に両手で摑まった。

彼は美少女の出したものを舌に受けて味わい、喉を潤した。

味も匂いも実に控えめで抵抗が無かったが、勢いが増すと口から溢れた分が心地よく肌を伝い流れた。

それでもあまり溜まっていなかったか、間もなく流れは治まってしまった。

治郎は残り香を感じながら余りの雫をすすり、割れ目内部を舐め回した。

「アアッ……」

摩美が声を上げ、足を下ろして力尽きたようにクタクタと椅子に座り込んでしまった。彼はもう一度互いの全身をシャワーの湯で流し、彼女を立たせると身体を拭いた。

やがてバスルームを出ると、また全裸のまま階段を上がって部屋のベッドに戻った。

今度は治郎が仰向けになり、摩美の顔を股間に押しやると、彼女も好奇心いっぱいに熱い視線をペニスに注いできた。

「すぐこんなに大きく硬くなるんですか……」

「うん、摩美ちゃんみたいな天使がそばにいれば、すぐ回復しちゃうよ。いじってみて」

言うと彼女も恐る恐る幹を撫で、張り詰めた亀頭にも指を這わせてきた。さらに陰嚢を撫でて睾丸をいじり、袋をつまんで肛門の方まで覗き込んだ。

無邪気な動きに、たちまち彼は最大限に膨張していった。

「こっちへ来て。いきそうになるまで指でしてほしい」

彼は言って摩美を添い寝させた。やはり処女を喪《うしな》ったばかりだから、立て続けの挿入は酷だろう。

横になって、なおもニギニギとペニスを揉んでもらいながら、彼は唇を重ねて舌をからめた。

「ね、唾を飲ませて」

「ダメよ、汚いから……」

口を離してせがむと、摩美が甘酸っぱい息を弾ませて答えた。

「摩美ちゃんは天使だから、何も汚くないんだよ。それに、オシッコよりも唾の方がマシでしょう」

言うと彼女も愛撫を続けながら、懸命に唾液を口に溜め、愛らしい唇をすぼめて迫ってきた。そして白っぽく小泡の多いシロップをクチュッと吐き出し、彼はそれを舌に受けて味わった。

「ああ、美味しい、もっと」

「もう出ないわ……」

喉を潤して言うと、摩美は羞恥に頰を染めながら時に指の動きを忘れるので、幹をヒクつかせるとまた揉んでくれた。

もう一度唾液を垂らしてもらい、開かせた口に鼻を潜り込ませ、桃かイチゴを食べたような甘酸っぱい吐息を胸いっぱいに嗅いだ。

「なんていい匂い……」

うっとりと酔いしれながら言うと、さらに彼女は羞じらいに息を震わせた。

やがて摩美の顔を股間に押しやると、彼女も素直に移動して股の間に腹這いになった。

「ほんの少しでいいから、お尻の穴舐めて」

治郎は言って脚を浮かせると、摩美も厭《いと》わず顔を寄せてチロチロと舌を這わせてくれた。そして自分がされたようにヌルッと浅く潜り込ませてくると、

「あう、気持ちいい……」

治郎は快感に呻き、美少女の舌先を肛門で締め付けた。やがて脚を下ろし、

「ここも舐めて」

陰嚢を指して言うと、摩美も彼の股間に熱い息を籠もらせて袋を舐め回し、二つの睾丸を転がしてくれた。すっかり高まった治郎は、幹に指を添えて、先端を彼女の鼻先に突き付けた。

摩美も、粘液の滲んだ尿道口を舐め回し、小さな口を精一杯丸く開いて張り詰めた亀頭をくわえてくれた。

「アア、深くくわえて……」

彼が快感に喘ぎながら言うと、摩美もモグモグと喉の奥まで呑み込み、熱い鼻息で恥毛をそよがせながら、幹を締め付けて吸った。股間を見ると、吸うたびに摩美の上気した頬に笑窪が浮かんだ。

口の中ではクチュクチュと舌が滑らかに蠢き、たちまち彼自身は美少女の清らかな唾液に生温かくどっぷりと浸った。

このまま果てたくなり、小刻みにズンズンと股間を突き上げはじめると、

「ンン……」

喉の奥を突かれた摩美が小さく呻き、合わせて顔を上下させた。

唾液に濡れた唇が、張り出したカリ首をスポスポと摩擦してくれ、たちまち治郎は高まってしまった。

（いいんだろうか、清らかな口を汚して……）

禁断の思いが湧いた途端、もう止めようもなく彼は絶頂の大きな快感に全身を包み込まれていた。

「く……、気持ちいい……、飲んで……」

快感に任せて口走り、彼はありったけの熱いザーメンをドクンドクンと勢いよ

くほとばしらせ、摩美の喉の奥を直撃した。

「ク……」

彼女は噴出を受けて呻いたが、それでも摩擦と舌の蠢きは続行してくれ、しかもぎこちない愛撫で、たまに歯が当たるのも新鮮な快感となった。

治郎は突き上げを続けて快感を嚙み締め、心置きなく最後の一滴まで出し尽くしてしまった。

そして満足しながらグッタリと身を投げ出すと、摩美も動きを止め、亀頭を含んだまま口に溜まったザーメンをコクンと飲み干してくれた。

「あう……」

キュッと締まる口腔の刺激と、飲んでもらった感激に呻き、彼は駄目押しの快感を得た。

ようやく摩美もチュパッと軽やかに口を離すと、不思議そうに尿道口を見つめ、余りの雫が滲むと、それもチロチロと丁寧に舐め取ってくれた。

「ああ、もういいよ、どうも有難う……」

治郎が礼を言うと、摩美も顔を上げ、チロリと舌なめずりしながら添い寝してきた。

彼は美少女に腕枕してもらい、熱い吐息を嗅ぎながらうっとりと快感の余韻を味わった。彼女の吐息にザーメンの生臭さは残っておらず、さっきと同じかぐわしい果実臭がしていた。

「嫌じゃなかった？」

「うん、先生の、ううん治郎さんの精子だから大丈夫……」

摩美は言い、彼もようやく呼吸を整えた。

「このまま夕方まで眠ります。ゆうべ試験に備えてほとんど徹夜だったから」

「そう、いいよ。じゃ僕は着替えて帰るからね」

治郎は言ってそっとベッドを降り、摩美に布団を掛けてやって手早く身繕いをした。

そして部屋を出るとき振り返ると、すぐにも摩美は無心な寝息を立てていたのだった。

治郎はドアを閉め、帰ろうと思ったが、ふと奥にある祐介の書斎が気になり、足音を忍ばせて入ってしまった。

並んだ本棚のいちばん奥にある、謎のドアのノブを捻《ひね》ってみると、施錠はされていなかった。

（え……？）

中に入り、治郎は目を見張った。

そこは四畳半ほどの洋間で、真ん中に大きな椅子が据えられていた。リクライニングにもなり、ヘッドレストとオットマンのある両肘椅子で、恐らくマッサージ機能もついているようだ。

両側には小さなテーブルがあり、右側にはリモコンや灰皿、煙草とライターが置かれ、左側には空のコーヒーカップに老眼鏡、下の棚にはティッシュの箱や読みかけの本、耳搔《みみか》きまで置かれている。

その快適な椅子の正面に大きなモニターがあって八分割の画面になり、それぞれ無人の部屋が映し出されていた。

（あ、これは……）

よく見ると、部屋の一つは確かに今朝まで治郎が寝起きしていた病院三階の個室であり、他は寮らしき誰かの部屋がいくつか、さらに誰かの寝室らしき部屋にバストイレまで映されていたではないか。

（や、屋根裏の散歩者だ……）

治郎は目を見張った。

どうやら祐介は、興味のある各部屋に隠しカメラを付け、全てこの個室で覗けるようにしていたのである。

音声も入り、恐らく全て録画しているのだろう。

治郎は、理想的なオナニー部屋を作った祐介に敬意と羨望《せんぼう》を抱いた。そして、あることに思い当たり、激しいショックを受けたのだった。

4

（では、僕と由紀江先生、いや、恵利香さんや優子さんとの行為も全て見られていた……）

治郎は思い、激しい羞恥に見舞われたが、別に怒りは湧いてこなかった。

元より一度は死のうとした身だから、人の性癖までどうこう言う気はないし、まして祐介は八十歳で欲望はあるものの肉体機能が衰えているから、ひたすら覗いて自分を慰めることは彼なりに理解できた。

だから祐介が、やけに治郎のことを気に入ってくれたのも、あるいは由紀江と初体験したときの様子が、自分の性癖に似かよっていたのかも知れない。

モニターに映っている寝室は病院だけではなく、どうやらこの屋敷内のものもあるようだ。

亡き息子の嫁である由紀江の寝室や、ついさっき摩美の処女を頂いた隣の部屋も映り、確かに画面では摩美がぐっすり眠っているではないか。

では、今の行為も全て録画されているのかも知れない。

それにしても、嫁や孫にまで欲望を向け、病院の個室や寮にまで隠しカメラを取り付けるのは容易ならぬ作業であっただろう。

(そうか、病院や寮の各部屋にある壁掛けテレビに内蔵されているのかも……)

治郎は思い、バストイレなどはまた別の小型カメラが設置されているようだ。

モニターの他、機器の並んだ室内を見回した。

と、機器の置かれた横長のテーブルの端に、原稿用紙と分厚い茶封筒が置かれているのを見つけた。

原稿用紙には、何と遺言状と書かれており、思わず治郎は興味を惹かれて目を通しはじめた。

鉛筆のメモに近い書き付けなので、まだ正式な遺言状ではなく草案の段階らしいが、その内容に彼は目を見張った。

『私の遺体は、由紀江の手により解体を施《ほどこ》し、小分けに肉を冷凍した上でナース寮のシチューに少しずつ混入すること』

その一文に、治郎は激しい衝撃を受け、思わず股間が熱くなってしまった。

確かに、美女たちに食べてもらいたい願望は治郎の中にもある。

そう、由紀江との初体験で、思わず治郎は彼女に食べてほしいと囁いた。それを祐介が聞き、すっかり仲間と認識してくれたのではないだろうか。

草案の続きは、全財産と院長の椅子を引き替えに、由紀江の説得をして理解してもらい、死亡診断書や密葬その他の細かな指示も書かれていた。

治郎は、祐介の根強い性癖と願望に胸を打たれながら、二枚目に目を通し、そこでまた激しい衝撃を受けた。

それには、こう書かれていたのだ。

『治郎君、この部屋へ入ったなら私の全てを知ったと思う』

どうやら祐介は、自分の留守中に治郎がここへ入ることを予想して、あえてドアを施錠しなかったのだった。

治郎は目眩《めまい》を起こしそうになりながら、祐介専用の椅子に座った。

モニターを見ると、隣室では摩美が何も知らずに眠っている。他の部屋は、今のところ無人ばかりで、彼は続きを読んだ。

『黙って入ったことを咎《とが》めはしない。私も君の全てを覗いていたのだから。そしてもし、私の性癖が理解できず反発を覚えるようなら、封筒の金を持って黙って出ていってほしい』

見ると茶封筒には、百万円の束が入っていた。

これだけあれば安アパートを借り、バイトを見つけるまでの充分すぎる足しになるだろう。

もちろん治郎は、金を確認しただけで封筒を元に戻して続きを読んだ。

『理解してもらえるのなら由紀江の説得に協力し、いずれは君を好いている摩美の入り婿になってほしいというのが私の願いである。どうでもよい他の男などより、君に任せたい。この部屋も全て君に託そう。ＯＫならサインをして、明日また書斎に来てほしい』

文章は、そう結ばれていた。

治郎はそこにあったペンを取り、迷うことなく余白に書き付けた。

『黙って入ってしまい申し訳ありません。院長先生の理想追求の姿にただただ感服しております。僕に出来ることは何でも致しますので、今後とも寮に置いて頂きますよう、よろしくお願いします』

そう書いて署名した。

そして室内を見回し、由紀江を相手にした自分の初体験や、恵利香や優子との行為も再生したいところだったが、何しろ機械オンチのため、変にいじって貴重な録画をダメにしたら困る。

やがて治郎はもう一度、理想的な個室を見回してから、静かに部屋を出た。

そして書斎を抜けて廊下に出ると、まだ寝ている摩美を起こさないよう足音を忍ばせてドアの前を通過し、階段を下りて屋敷を出ると寮に戻った。

（では、この部屋も見られているか……）

治郎は思ったが、もちろんレンズを隠そうという気はない。

美女に覗かれるなら興奮ものだが、それでも相手は老人で、しかもネットに流すとか、それを見て参加してくるとかいう心配はない。

祐介は、自分の出来ないことを治郎に託しているのだから、気にしないようにすれば何ということもなく、それ以上のメリットが大きいのだ。

溺愛している孫娘の処女を奪ってしまったが、強引に無理矢理したわけではないし、摩美は一切拒んでおらず、むしろ彼女自身も求めていたことは映像で分かってもらえるだろう。

（美女に消化されて栄養にされる、なんて理想的だろう……）

治郎は、あらためて思った。

自分も断崖から飛び降りるより、もっと良い方法を熟考すれば良かったと思ったほどである。

もちろん、もう死ぬ気などさらさら無いし、入り婿だの財産などもそれほど魅力ではない。むしろ少しでも祐介に長生きしてもらい、多くのことを語り合いたいと思ったのだった。

思えば今までの友人たちの中には、自分の密かな性癖などを話せるような相手は一人もいなかった。

いや、祐介も同じだったのかも知れない。なまじ地位も財産もあるから、願望は全てひっそりと一人で行っていたのだろう。

それが、晩年になって解り合えそうな若造と出会ったのだから、あるいは祐介は、治郎以上に喜んでいるかも知れないと思った。

やがて日が落ち、日勤のナースたちも寮へ帰ってきた。

治郎もすでに十人全員と顔見知りになり、一緒に食堂でシチューの夕食を囲んだが、これに祐介の肉が入っていたらと思うと、さすがにそれは勘弁だった。

「何か足りないものはある？」

ナースの一人が治郎に訊いてきた。

みな二十代半ばから三十代前半の美形揃いで、寮に男が入居したことも、誰も気にしていないようだった。

「いえ、大丈夫です。それより買い物があったら明日まとめて買ってくるので、メモしておいて下さいね」

多くの美女たちの熱気と匂いに股間を疼《うず》かせながら言うと、彼女たちも遠慮なくメモして回した。

ティッシュやトイレットペーパーなどはまとめて買ってあるので、各部屋で不足すれば勝手に取って良いことになっているようだ。

書かれた買い物メモを見ると、ほとんどが厨房で共用する調味料や野菜ジュース、ミネラルウオーター類などで、さすがに化粧品や生理用品などの私物は各自で買うのだろう。

やがて夕食を終えると、新人の彼が洗い物を引き受け、彼女たちもそれぞれ自分の部屋へ戻っていった。

治郎も作業を終えて食堂の灯りを消し、自室に戻ろうとすると、そのとき優子が顔を出して手招きした。

「私のお部屋に来て」

熱い眼差しで囁き、彼もすぐ股間を熱くさせて優子の部屋に入った。

やはり彼の部屋だと、他の誰かが来るといけないと思ったのだろう。

各自の部屋にいる限りプライベートは守られるようで、彼女もドアを内側からロックした。

室内はベッドに壁掛けテレビなど、他の部屋と同じである。しかし優子は母乳が出るせいか、甘ったるい匂いが濃厚に立ち籠めていた。

「お乳が張っているの。お願い、吸い出して」

密室に入っても、優子は熱い息を弾ませた囁き声だった。

もちろん頷くと優子は服を脱ぎはじめ、彼も脱いでいった。

彼女が豊満な肢体を露わにしてベッドに横になると、治郎も全裸になってのしかかっていった。

色づいた両の乳首からは、ポツンと白濁の雫が浮かんでいる。

彼は口に含んで雫を舐め取り、強く唇で乳首を挟んで生ぬるく薄甘い母乳を吸い出して喉を潤した。

吸う要領もすっかり慣れ、母乳の匂いに混じった甘ったるい汗の匂いも悩ましく胸に沁み込んできた。

5

「アア……、いい気持ち……」

優子がうっとりと喘ぎ、治郎も左右の乳首を交互に吸って母乳を飲み込んだ。あらかた出し尽くすと張りが治まり、彼女もほっとしたように、今度は快楽に専念しはじめたようだ。

治郎は彼女の腋の下に鼻を埋め、噎せ返るほど濃厚に蒸れた汗の匂いを吸い込んで酔いしれた。

そして移動して爪先に鼻を割り込ませ、ムレムレの匂いを貪ってからしゃぶり付き、両足とも全ての指の股を味わった。

「あう……、汚いのに……」

優子は呻き、待ち切れないように股を開いてきた。治郎は脚の内側を舐め、ムッチリと量感ある白い内腿を舐め上げ、そっと歯を立てて弾力を味わった。

股間からは熱気が立ち昇り、すでにはみ出した陰唇も、母乳に似た白濁の愛液にまみれていた。

堪らずに顔を埋め込み、柔らかな恥毛に鼻を擦りつけて嗅ぐと、蒸れた汗とオシッコの匂いに混じり、大量の愛液による生臭い成分も鼻腔を悩ましく掻き回してきた。

胸を揉みながら舌を挿し入れ、淡い酸味のヌメリを掻き回して膣口からクリトリスまで舐め上げると、

「アアッ……、いい気持ち、私にも……」

優子が熱く喘ぎ、彼の下半身を求めてきた。

治郎もクリトリスに吸い付きながら身を反転させ、股間を彼女の鼻先に突き付けると、すぐにもパクッと亀頭が含まれた。

「ク……」

治郎は呻き、股間に熱い息を感じながら根元まで押し込んだ。

「ンン……」

優子も熱く鼻を鳴らして吸い付き、互いの内腿を枕にしたシックスナインで、最も感じる部分を舐め合った。気持ち良いが、つい快感に身を委《ゆだ》ねると舐めることに集中できない。

さらに彼は優子の白く丸い尻に身を乗り出し、谷間の蕾にも鼻を埋めて蒸れた匂いを貪り、舌を這わせてヌルッと潜り込ませた。

「アア……！」

優子がスポンと口を離して喘ぎ、やはり快感に集中したいように、もう含まず受け身に徹した。

治郎も再び移動し、彼女の股間に陣取って前も後ろも舐め回して匂いに酔いしれた。

「入れて……、これを先にお尻に……」

と、優子が言って何かを彼に手渡してきた。見ると、それは楕円形のピンクローターではないか。そういえば恵利香が言っていたが、優子の部屋の中からオナニーの喘ぎ声が聞こえるとのことで、きっとこのローターでクリトリスを刺激していたのだろう。

それを今日は、肛門に入れてほしいらしい。

治郎は唾液に濡れた蕾にローターを当て、親指の腹でゆっくり押しながら潜り込ませていった。

細かな襞が押し広がり、たちまちローターは滑らかに入っていって見えなくなり、あとはコードが伸びているだけとなった。電池ボックスのスイッチを入れると、奥からブーン……と低く、くぐもった振動音が聞こえてきた。

「あう、早く入れて……」

優子が身悶えして言い、彼も興奮を高めて身を起こし、股間を迫らせていった。

先端を濡れた割れ目に押し当て、感触を味わいながらヌルヌルッと膣口に挿入していくと、

「ああ、感じる……」

優子が顔を仰け反らせて喘ぎ、根元まで入ったペニスを締め付けてきた。

肛門内部に入っているローターの震動が、膣内にあるペニスの裏側にも妖しく伝わり、ローターのせいか締まりも増していた。

彼は股間を密着させて身を重ね、胸で巨乳を押しつぶしながら膣内の感触と温もりを味わった。

上から唇を重ね、舌をからめて温かな唾液を味わうと、

「ンンッ……」

優子が熱く呻き、ズンズンと股間を突き上げてきた。

治郎も合わせて腰を遣うと、たちまち二人の動きがリズミカルに一致し、クチュクチュと湿った摩擦音が聞こえてきた。

「アア……、いきそうよ、もっと強く突いて、何度も奥まで……」

口を離した優子が声を上ずらせ、治郎は喘ぐ口に鼻を押し付け、熱く湿り気ある吐息を嗅いだ。それは甘く発酵したミルクに似た匂いで、嗅ぐたびに甘美な悦びが胸に沁み込んできた。

股間をぶつけるように突き動かしていると、収縮と潤いが増してきて、揺れてぶつかる陰嚢まで生ぬるくビショビショになった。

「い、いっちゃう……、アアーッ……！」

股間の前後両方の刺激で、たちまち優子は声を上げるなり、ガクガクと狂おしいオルガスムスの痙攣を開始してしまった。

激しい収縮と摩擦に巻き込まれ、続いて治郎も昇り詰めた。

「く……！」

快感に呻きながら、熱い大量のザーメンをドクンドクンと勢いよくほとばしらせると、

「あう、もっと……！」

噴出を感じたように彼女が呻き、締め付けを強めてきた。

治郎は心ゆくまで快感を嚙み締め、最後の一滴まで出し尽くすと、満足しながら動きを弱めていった。

そして熱く甘い吐息をうっとりと嗅ぎながら余韻を味わったが、ローターの震動がうるさくなってきたので、やがて呼吸も整わないまま身を起こして股間を引き離した。

電池ボックスのスイッチを切り、切れないようコードを指に巻き付けてゆっくり引き抜くと、見る見る蕾が丸く広がってローターが出てきた。

ツルッと抜け落ちると、一瞬開いて粘膜を覗かせた肛門も、ゆっくり元の可憐な蕾に戻っていった。

ローターに汚れはないが、ティッシュに包んで置き、手早くペニスを拭って割れ目も拭いてやった。

「ああ……、良かったわ、すごく……」

優子は身を投げ出したまま荒く忙《せわ》しげな息遣いで言い、ヒクヒクと熟れ肌を波打たせていた。

「じゃ、僕は戻りますね」

「ええ、有難う……」

治郎が手早く身繕いをして言うと、優子は全裸のまま横たわり、まだシャワーを浴びる元気も出ないように答えた。

自室に戻った治郎は、シャワーを浴びて歯磨きをし、心地よい疲労感の中で灯りを消してベッドに横になった。

すると摩美からLINEが入っていて、

『今日は嬉しかったです。おやすみなさい』

とあったので、彼も嬉しかったと返信しておいた。

（今日も色々あったな……）

目を閉じて、摩美の処女を奪ったこと、祐介の衝撃的な秘密、そして優子の熟れ肌などが順々に浮かんで股間が熱くなったが、さすがに疲れていたのか、すぐに彼は深い睡りに落ちていった……。

——翌朝、朝食を終えると治郎は寮を出て、由紀江から金を預かって買い物に行った。

ナースたちに頼まれた買い物をし、自分の下着や靴下の替え、寛《くつろ》ぐためのジャージ上下などを買い込んで大荷物で寮に戻り、買ったものをキッチンや納戸《なんど》に仕分けした。

すると由紀江が作業着とエプロンを出しておいてくれたので着替え、彼は病院に入った。

三階の個室は二つとも空室なので、そこは放置して廊下をモップがけし、二人部屋のクズ籠からゴミを回収し、二階の床も拭き清めて病室のゴミ集めとトイレ掃除もした。

そして一階の清掃も終えると昼になったので、いったん治郎は寮に戻ってシチューの余りで昼食を摂った。

昼の食堂は誰もおらず、一人で食事を終えると、また病院へ戻ろうとした。

すると由紀江からスマホにＬＩＮＥが入った。こまめな連絡用に交換していたのである。

『家へ行って。院長が呼んでいるので』

そう書かれていたので了解の返信をし、彼は少々緊張しながら屋敷に向かっていった。

摩美は大学に行っているようだ。

祐介は昨夜、夕食後ぐらいの時間にタクシーで帰宅したらしい。

そして祐介は当然、秘密の小部屋にある治郎のメッセージを見て彼を呼び出したのだろう。

チャイムを鳴らしてドアを開けると、すぐにいつもの作務衣姿で祐介が出迎えてくれたのだった。

第四章　熟れ肌の処女を攻略

1

「おお、来たか。じゃ今日は二階へ」

祐介に言われて治郎は上がり込み、二階の書斎へと行った。もう昼食は済んだようで、今日は昼からの酒はないらしい。

「まず、済みませんでした。勝手に入ってしまって」

治郎は早速謝ったが、祐介は笑顔を浮かべて上機嫌である。椅子をすすめてくれたので差し向かいに座った。

「なあに、お互い様ということでな、むしろ腹を割って話すには隠し事はないに越したことはない」

彼は言い、治郎に余っているノートパソコンをくれた。

それに何枚かのＤＶＤもある。

摩美の処女喪失のことも、知っているのかいないのか分からないが、治郎も自分から言うのは止めにしておいた。

「わしは日米開戦の年に生まれ、物心ついた戦後はものがなくて年中腹を空かしていたよ」

祐介が煙草をくゆらせ、自分の話を始めた。

医師会でも重鎮《じゅうちん》らしいが、喫煙を止める気はないようだ。

「ようやく暮らしが落ち着いてくると、あとはひたすら学問の日々だった。だから君と同じく、十代は全く女性に触れたことがなかった。二十歳過ぎに、学生仲間とようやく風俗へ行ったが、やはり味気なかった」

「そうですか」

「わしは生身よりも、どういうわけか妄想で抜く方が好きで、そのオカズに女性の靴や下着に興味を持ち、ナマの匂いで美女の秘密を握ったような気になったものだ」

祐介が言う。要するに真っ当な恋愛やセックスより、闇に蠢いてフェチックな妄想に浸ったり、屋根裏散歩に思いを馳《は》せていたようだ。

「僕も全く同じでした」

「ああ、出逢ってすぐ致す風俗と違い、やはり一目惚れにしろ恋心が必要だ。恋は亦《また》の下心だ。だから風俗は二度と行かず、やがて熱烈な恋仲になったのが死んだ妻だった」

「もう、どれぐらい前にお亡くなりに……？」

「わしが五十の時だから、もう三十年だ。三歳下だったが、ガンで早死にだ」

「そんなに早く……」

つい最近に亡くしたかと思っていたが、それほど前とは意外だった。そして一人息子も、やはりガンで先に逝《い》かれたのである。

「もちろん一緒に暮らせば、愛情や愛着は増すが性欲は減退する。それが男女の悲しい宿命だ。性欲とは本来、愛する人に出来ないことをしてみたいという傾向がある」

「なるほど……」

「まして子が出来れば、女は子育てを優先してしまう。わしも他の女性に欲望を抱きつつ、やはり病院を持つとそんな時間も取れない。そして妻の死とともに、わしは変わった」

「どのようにですか……」

「普通ならガックリするが、わしは違った。男というものは大きな一つのものを喪うと、多くのもので補おうとする習性がある。要するに、手当たり次第に、数多くの女性に淫気を向けるようになった」

それは、大きな存在の枷《かせ》がなくなったということかも知れない。

「だが、淫気は年々増しているのに、歳とともにモノが役に立たなくなる。昔は自分で抜くのを至福としていたが、やはり愛する生身を知ると、男女が一体となることこそ本当の悦びと思うようになった」

「確かに、僕も……」

言いかけて治郎は言葉を控えた。何しろ治郎の相手は、全てこの祐介の関係者ばかりなのだ。

そして祐介が言う通り、治郎もいったん生身と一体になる快楽を知ると、もうオナニーなど勿体なくてしていないのである。

「そこでわしは、美女たちの秘密、一人の寝室やトイレシーンなどを覗き見ては密かな悦びを得るようになった。もっとも、その映像を見ながら抜くのは月に一、二回になってしまったが」

情けなさそうに言うが、それでも少数ながら、まだ現役で射精出来るらしい。

「だがいずれ、一回も出来なくなり寿命も尽きるだろう。そこで最後の一体感を得るために、あの遺言状を考えているのだ」

「お、お気持ちは、すごく分かる気がします」

「そうか、ならば折りを見て由紀江を説得し、何としても実行にこぎつけてもらいたい」

「できる限りのことは致します」

「ああ、頼りにしている。じゃわしは久々に病院に顔を出すのでな」

「はい、僕も引き上げます。これ有難うございました」

治郎は立って辞儀をし、ノートパソコンと数枚のＤＶＤを抱えた。

祐介は着替えもあるだろうから先に階段を下り、治郎は屋敷を出て誰もいない寮に戻った。

そしてパソコンのコンセントを入れ、ＤＶＤをセットしてみた。全部で三枚あり、ケースには何も書かれていない。

やがて映像が流れはじめると、それは何と優子のオナニーシーンだった。

やはりローターをクリトリスに押し付けて悶え、母乳の滲む乳首を自らつまんで激しく喘いでいた。

壁掛けテレビに隠したカメラの映像なので、一定の構図から動くことはなく、割れ目のアップなどは見えないが、ベッドの全景が納まっている。

しかも最も興奮するのが、優子が見られていることに気づいていないことである。見ながら彼は神になったような、あるいは身体が縮小してテレビの陰から覗き見ているような錯覚に陥《おちい》った。

しかし、これもすでに懇ろになっている女性より、まだ触れていない女性の方を見たいと思った。

いったん止めてＤＶＤを交換すると、今度は寮のトイレで撮影された映像が流れた。壁に掛かっている額か何かにカメラが内蔵されているのか、それでも比較的低い位置なので下着を下ろして茂みぐらいは見えたが、便座に腰を下ろしてしまうとあとは生々しい大小の排泄音だけである。

顔も見えないので、誰の個室なのか祐介以外には分からない。

また治郎はＤＶＤを交換した。以前なら、何度でも抜ける映像集なのに、何とも贅沢《ぜいたく》なことである。

そして三枚目の映像が流れてくると、彼は思わず目を見張って身を乗り出し、画面に釘付けになってしまった。

それは二十代後半のナース二人で、確か名は、痩《や》せ型でボブカットが尚子《なおこ》、ぽっちゃり型でポニーテールが清美《きよみ》だった。

その二人が全裸になり、女同士で唇を重ね、乳房をまさぐり合っているではないか。

ＡＶなどではなく、本物でナマのレズビアンプレイである。

二人は熱い息を混じらせてディープキスを終えると、互いの乳首を吸い合い、割れ目を探り合いはじめた。

（す、すごい……）

治郎は目を凝らし、激しく勃起した。

やがて二人は女同士でシックスナインの体勢になり、互いの割れ目を舐め合ったのだ。

息の籠もる音と舌の這い回る音、それに喘ぎ声が混じり、汗ばんだ二人の肌がうねうねともつれ合った。まるで二人分の混じり合った体臭まで、こちらに漂ってくるようである。

「アア……、いい気持ち……」

二人は熱く喘ぎ、また体勢を変え、互いの股間を交差させた。

確かネットで見た、貝合わせという女同士の体位である。

そして腰を蠢かせながら、濡れた割れ目を擦り合いはじめたのだ。

陰唇もクリトリスも擦れ合い、互いの股間が交差しているので、時にクチュクチュと激しく摩擦する音も聞こえた。

男と違って突起がないから、二人は激しく押し付け合い、割れ目同士が吸盤のように吸い付き合っているようだった。

二人はバイブなどの器具を使うことなく、互いの唇や舌、指や性器のみで快楽を高めていた。

治郎は激しいオナニー衝動に駆られたが、今日これからも誰かと懇ろになるかも知れないのだ。だから痛いほど突っ張っている股間を探りもせず、必死になって堪えた。

やがて二人は割れ目を擦り合い、ほぼ同時にオルガスムスに達したようで、

「アアーッ……、いい気持ち……！」

声を上げながらガクガクと痙攣した。

映像が終了すると、治郎は太い息をついて電源を切った。

恐らくこうしたコレクションが、祐介の小部屋には山ほどあるのだろう。

毎回見ながらオナニーできないのは辛いが、実に羨《うらや》ましい。あそこは男の夢のような部屋である。

三枚のＤＶＤを返せば別のを貸してくれるかも知れないが、そのうちオナニー衝動に駆られてしまうだろうし、祐介だって治郎が一人で抜くシーンなど見たくないだろう。

やがて彼は、高まったまま悶々《もんもん》としながらＤＶＤをケースに戻したのだった。

2

「静かに、そっと入ってきてね」

治郎が屋敷の勝手口からそっと訪ねると、由紀江がすぐドアを開けてくれ声を潜《ひそ》めて言い、彼を招き入れてくれた。

実は夕食前に由紀江からＬＩＮＥが入り、夜九時頃そっと裏から来てほしいと言われたのである。

だから夕食時、食堂で彼はレズビアンである尚子と清美の顔を見ながら興奮を高めつつ、由紀江とのために全ての淫気を溜め込んだのだった。

上がり込むと、由紀江は治郎を自分の寝室に招き入れた。夫が生きている頃からのものか、ダブルベッドが据えられ、それでも室内に籠もるのは美熟女の体臭だけである。

二階にもトイレがあるから摩美が降りてくることはないらしく、同じ一階の祐介の寝室は離れているし、今夜は一杯やったようだから朝までぐっすり眠っているようだ。

「疲れているのにごめんなさいね。どうしても我慢できなくて」

由紀江は言うが、治郎は今日の午後はろくに働いていないので、彼女の方がずっと疲れているだろう。

そして彼女は、義父や娘が居る同じ屋根の下で、という状況に興奮を高めているのかも知れない。

幸い、洗い物を終えたところらしく由紀江はまだ入浴した様子はない。

もちろん治郎の方は夕食後に風呂と歯磨きを念入りに済ませ、準備万端整えて来たのだ。

すぐに彼女が脱ぎはじめたので、治郎も手早くジャージ上下を脱ぎ去り全裸になっていった。

やがて一糸まとわぬ姿で、いつものようにメガネだけはそのままの由紀江がべッドに横たわると、治郎は彼女の足裏から舌を這わせはじめた。

「ああ、そんなところいいのに……」

彼女がビクリと反応して言い、それでも拒まず好きにさせてくれた。

指の股に鼻を押し付けると、今日も一日中動き回っていたため、そこはジットリと汗と脂で生ぬるく湿り、蒸れた匂いが濃く沁み付いていた。

治郎は鼻腔を刺激されながら爪先をしゃぶり、両足とも全ての指の股に舌を割り込ませて味わった。

「アア……、くすぐったくて、いい気持ち……」

彼女もすっかり身を投げ出して喘いだが、なるべく声のトーンは抑えていた。

治郎は由紀江を大股開きにさせ、脚の内側を舐め上げていった。

体毛のある脛にも舌を這わせ、白くムッチリした内腿を舐めると、彼女は愛撫を待つように股を開き、ヒクヒクと下腹を震わせていた。

中心部に目を遣ると、すでに大量の愛液が溢れていた。

彼は股間に顔を埋め、柔らかな茂みに鼻を擦りつけて嗅いだ。湿り気ある甘ったるい汗の匂いに、蒸れた残尿臭が入り交じって悩ましく鼻腔が刺激された。

胸を満たしながら舌を這わせると、淡い酸味の潤いが迎え、彼は摩美が生まれてきた膣口を探り、滑らかな柔肉をたどってクリトリスまでゆっくりと舐め上げていった。

「アァッ……、いい気持ち……」

由紀江が身を弓なりに反らせて喘ぎ、内腿でキュッときつく彼の顔を挟み付けてきた。

彼は豊満な腰を抱え込んで執拗にクリトリスを舐めては、大洪水になっている愛液をすすった。そして味と匂いを堪能してから、由紀江の両脚を浮かせて豊かな尻に迫った。

谷間の蕾に鼻を埋め込んで嗅ぐと、ここも蒸れた匂いが籠もって鼻腔を刺激してきた。彼は顔中に密着する双丘の弾力を味わいながら匂いを貪り、舌を這わせてヌルッと潜り込ませた。

「あう……」

由紀江が呻き、モグモグと味わうように肛門で舌先を締め付けた。

治郎は中で舌を蠢かせ、甘苦い滑らかな粘膜を探ってから、ようやく脚を下ろして再びクリトリスに吸い付いていった。

「ああ、お願い、すぐ入れて……」

由紀江が熱く喘いでせがんできた。まだしゃぶってもらっていないが、彼も待ちきれないように身を起こし、股間を進めていった。

どうせ二回ぐらい難なく出来るだろう。

何しろ今日はまだ一回も射精していないし、午後には強烈なDVDを見て、すっかり下地が出来上がっているのだ。

股間を迫らせると、彼は幹に指を添えて先端を割れ目に擦り付け、充分にヌメリを与えながら位置を定めていった。

そしてグイッと潜り込ませると、あとはヌルヌルッと滑らかに根元まで吸い込まれていった。

「アア……、いいわ、奥まで響く……」

由紀江が顔を仰け反らせて喘ぎ、キュッと締め付けてきた。

治郎も温もりと感触を味わいながら股間を密着させ、身を重ねて巨乳に顔を埋め込んでいった。

左右の乳首を含んで舐め回し、顔中で膨らみを味わうと、さらに腋の下にも鼻を押し付け、色っぽい腋毛に沁み付いた甘ったるい汗の匂いに噎せ返った。

そして何度かズンズンと腰を動かし、肉襞の摩擦に高まってくると、何故か由紀江は動かず、思い詰めたように口を開いた。

「ね、お尻の穴に入れてみて……」

彼女が言い、治郎も激しく好奇心を抱いた。

「だ、大丈夫でしょうか……」

「一度、してみたいの」

そう言うからには経験はなく、アナル初体験をしてみたいようだ。

彼もその気になって身を起こし、いったん引き抜くと由紀江が両脚を浮かせて抱え、白く豊満な尻を突き出してきた。

見ると割れ目から滴る愛液に、蕾もヌメヌメと潤っていた。

治郎は愛液に濡れた先端を蕾に押し当て、呼吸を計った。

由紀江も口で息をして括約筋《かつやくきん》を緩《ゆる》め、待機しているので、彼はグイッと押し込んでいった。

すると角度もタイミングも良かったようで、肛門の襞が丸く押し広がって光沢を放ち、張り詰めた亀頭を受け入れてしまった。

「あう、来て、奥まで……」

由紀江が息を詰めて言い、彼も最も太いカリ首が入ってしまったので、あとは比較的楽にズブズブと根元まで押し込むことが出来た。

やはり膣内とは違う感触だが、思ったほどベタつきはなく、むしろ滑らかだった。さすがに入り口はきついが、奥は意外に広い感じがした。

そして股間に密着して弾む、豊かな尻の丸みが何とも心地よかった。

「アア、こういう感じなのね。嫌じゃないわ。動いて、中に出して……」

由紀江は初の感触を味わうように言い、彼も美熟女の肉体に残った最後の処女の部分を頂き、徐々に動きはじめた。

小刻みに出し入れしてみると、彼女も括約筋の緩急の付け方に慣れてきたのか徐々に滑らかに動けるようになっていった。

「ああ、いい感じ……」

由紀江が喘ぎ、自ら乳首を指でつまんで動かし、もう片方の手は空いた割れ目に這い回らせた。

愛液のついた指の腹でクリトリスを擦ると、連動するように肛門内部がキュッキュッと締まった。指で小さく円を描くようにクリトリスを刺激し、このように彼女はオナニーするのかと治郎は興奮した。

摩擦しているうち治郎は高まり、後戻りできずフィニッシュまで突っ走ってしまった。

それにしても摩美の処女を頂いた翌日に、その母親のアナル処女がもらえるとは夢にも思わなかったものだ。

「い、いく……！」

たちまち治郎が快感に貫かれて口走ると、

「アアーッ……！」

同時に由紀江も声を上げ、ガクガクと激しい痙攣を起こしたのである。

どうやらアナルセックスの快感よりも、自らいじるクリトリスに反応したのだろう。

治郎は快感とともに熱いザーメンをドクドクと注入すると、内部に満ちるヌメリで、さらに律動がヌラヌラと滑らかになった。

「ああ……、出ているのね。もっと出して……」

温もりを感じた由紀江が言い、肛門を締め付けながら艶めかしく悶えた。

治郎も心置きなく最後の一滴まで出し尽くし、満足しながら動きを止めた。

すると彼女も乳首とクリトリスから指を離し、熟れ肌を投げ出した。

彼が引き抜こうとすると、潤いと締め付けでペニスが自然に押し出され、ツルッと抜け落ちてしまった。

治郎は、何やら美女に排泄されたような興奮を覚えた。

もちろん肛門に裂傷などはなく、おちょぼ口から元の蕾に戻っていった。

治郎が余韻に浸ろうとすると、まだ呼吸も整わないのに、由紀江がすぐに身を起こしてきたのだった。

3

「さあ、すぐに洗った方がいいわ。来て……」

ベッドを降りた由紀江が言い、治郎も一緒に寝室を出た。そして忍び足でバスルームに移動し、シャワーの湯で互いの全身を洗い流した。

特に彼女は、ボディソープを泡立てて甲斐甲斐しくペニスを洗ってくれた。やはり雑菌が入るのを懸念しているのだろう。

そして湯で泡を落としてから、

「オシッコ出しなさい。中からも洗い流した方がいいから」

言われて、回復しそうになるのを堪えながら治郎も息を詰めて懸命に尿意を高めた。

ようやくチョロチョロと放尿し、出しきると由紀江はもう一度シャワーで洗い流し、屈み込むと、消毒するようにチロチロと尿道口を舐め回してくれた。

「ああ……」

その刺激に喘ぎ、彼自身はたちまちムクムクと回復し、完全に元の硬さと大きさを取り戻してしまった。

「すごい勢いだわ。何度でも出来そうね……」

由紀江が顔を上げて言う。さすがにバスルームだからメガネを外していて、彼は何やら見知らぬ美女と一緒にいるような気分になった。

「ね、由紀江先生もオシッコ出してみて」

治郎は思いきって言い、バスルームの床に仰向けになった。何しろ病室や寮と違い、屋敷の洗い場は実に広い。

「まあ、出るかしら……」

由紀江はモジモジと言いながらも、まだ興奮が覚めやらぬように彼の顔に跨がってきた。

和式トイレスタイルで完全にしゃがみ込むと、脚がM字になり量感ある内腿がムッチリと張り詰めた。

豊満な腰を抱き寄せ、割れ目を鼻と口に密着させると、濃厚だった匂いは薄れていたが新たな愛液が大量に溢れていた。

舌を挿し入れて蠢かせ、ヌメリをすすってクリトリスに吸い付くと、由紀江がビクリと反応した。

「いいの？　出そうよ……」

尿意が高まったか、由紀江が息を詰めて言うと、彼は返事の代わりに激しく舌で柔肉を掻き回した。

するとたちまち柔肉が盛り上がり、味わいと温もりが変化してきた。

「あう、出ちゃう、本当にいいのね……」

由紀江がバスタブのふちに摑まりながら言うなり、チョロチョロと熱い流れがほとばしってきた。

治郎は口に受け、仰向けなので噎せないよう気をつけながら喉に流し込んだ。

それは温かく、ほのかな味と香りを含んで心地よく喉を潤した。

「アア……、変な気持ち……」

由紀江は喘ぎ、いったん放たれた流れは止めようもなく勢いを付けて彼の口に注がれてきた。

勢いが増すと飲み込むのが追いつかず、口から溢れた分が頬の左右を熱く流れ落ち、耳の穴にも入ってきた。間近だと、オシッコが尿道口からほとばしるシュ—ッという微かな排泄音も聞くことが出来た。

「ク……」

治郎は呻き、危うく溺れるのではないかと不安になったところで、ようやく勢いが衰え、間もなく流れは治まってくれた。

あとはポタポタと雫が滴り、それに愛液が混じって糸を引き、彼は残り香の中で舌を這い回らせた。

「ああ……、もういいわ、続きはベッドで……」

由紀江が言い、バスタブに摑まりながら懸命に身を起こすと、彼も起き上がった。もう一度互いにシャワーを浴びて身体を拭き、バスルームを出るとまた全裸のまま寝室のベッドに戻っていった。

治郎が仰向けになると、由紀江は熟れ肌を横から密着させてきた。

「ね、相談があるのだけど」

「なに」

言うと、由紀江が興奮に息を弾ませて訊いてきた。

やはりアナルセックスは試してみて気が済んだものの、あくまで膣感覚での快感を得たいのだろう。

「もう僕は決して自分で死ぬことはしないと約束するけれど、もしも突然死とか事故で死んだら」

「そんな話は聞きたくないわ」

「でもお願い、聞いて。そうしたら由紀江先生が、僕の身体を解体して、その肉を食べてほしいのだけど……」

治郎は、祐介の願望を自分のこととして話した。

「まあ、そんなに食べられたいの？　でも私一人では食べきれないわ」

「だったら、寮のシチューにも少しずつ混ぜてほしい」

「ナースたちの身体にも入りたいのね」

由紀江は、彼の根強い願望に興味を覚えたように言った。

「うん、美女たちの胃の中で溶けて消化されて、栄養にされたい」

「そう……」

「そうなったら、由紀江先生の手で全て解体できる？」

「それは、出来なくはないわね……」

由紀江は言って半身を起こし、指先を彼の喉の横に当てて、真下に下ろしながらなぞっていった。

「解剖なら、こうして左右の肩口からY字に縦に切り裂いて、開いた部分を金具で固定して、胸骨を一本一本切り取っていくの。パチンパチンって、かなりの力仕事だけど」

由紀江は、指をチョキの形にして胸骨を切り離していく仕草をした。

「そして臓器を取り出して、本来なら保管するけど、食べるのなら洗ってぶつ切りにして、タレに漬け込んでおくのがいいわね」

囁きながら治郎の肌に触れ、彼は本当に切り裂かれているような興奮に、勃起したペニスから粘液を滲ませた。

「腸は中身を洗って、血抜きしたお肉を入れてソーセージにするのもいいかな。お肉の大部分は細かに切り取って冷凍して、骨もノコギリで切断して大鍋で煮れば良いダシが出そう」

「ナマは……？」

「ほんの少しならナマで食べてみたいわね。ベロとかペニスとかは」

由紀江もすっかりのめり込んだように言い、彼の肌のあちこちから、勃起したペニスにも触れてきた。絵空事だから、外科医としての知識を踏まえながら気楽に話しているのだろう。

「顔は難しいわね。せっかくの可愛い顔からお肉をそぎ落とすのは。それに脳もどうするか、世界中の料理を研究して、食べ方を知る必要があるわ」

「じゃ、うちの手術室で充分に出来るんだね」

「ええ、外部に洩れたら大変なことだけど、私一人でも出来ることは間違いないわ。残った骨で、密葬したことに出来そうだし」

「そう……」

治郎は頷いた。

あらかじめ、こうした話をしておけば、いざ祐介が死んで遺言状を発見したとき、由紀江が実行してくれる可能性も僅かながら増すかも知れない。

やがて由紀江は、治郎を大股開きにさせると、腹這いになって股間に顔を迫らせてきた。

「何だか、本当に食べてしまいたくなってきたわ」

幹に指を這わせながら囁き、裏筋をペローリと舐め上げてきた。

「アア……」

治郎は、もう話す余裕がないほど興奮を高めて喘ぎ、刺激にヒクヒクと幹を震わせた。

先端まで舌を這わせると、彼女は両手で幹を支え、粘液の滲んだ尿道口をチロチロと舐め回した。何やら美しい牝獣が、前足で骨片でも支えながら先端をかじっているようだ。

「嚙み切ってもいい？」

股間から由紀江が、熱い眼差しを向けながら言った。

「そ、それだけは……、どうかしゃぶるだけにして下さい……」

「分からないわよ。私も興奮で我を忘れて、嚙み切ってしまうかも……」

言いながら彼女は張り詰めた亀頭にしゃぶり付き、ネットリと舌をからめながら、たまに悪戯っぽく歯を当ててきた。

「あう……」

微妙な感覚が、甘美で新鮮な刺激となって彼は呻いた。

そのまま由紀江はスッポリと喉の奥まで呑み込み、付け根近くの幹を口で丸く締め付けて吸い、熱い息を股間に籠もらせた。

指先は微妙なタッチで陰嚢をくすぐり、口の中ではクチュクチュと舌がからみついて、たちまち彼自身は生温かな唾液にどっぷりと浸った。

「ンン……」

さらに彼女は熱く呻きながら顔を上下させ、濡れた口でスポスポと強烈な摩擦を繰り返しはじめたのだ。

治郎はゾクゾクと興奮を高め、急激に絶頂を迫らせてしまった。

4

「い、いきそう……」

口走ると、すぐにも由紀江がスポンと口を離し、治郎も危ういところで踏みとどまることが出来た。

彼女が身を起こして前進し、治郎の股間に跨がってきた。もう舐めてもらわなくても充分すぎるほど濡れていて、待ちきれないようである。

唾液に濡れた先端に割れ目を押し当て、息を詰めてゆっくり腰を沈み込ませていった。

屹立したペニスは、ヌルヌルッと滑らかな肉襞の摩擦を受けながら根元まで没し、完全に嵌《は》まり込んで彼女は股間を密着させた。

「アアッ……、やっぱりここがいいわ……」

由紀江は顔を仰け反らせて喘ぎ、巨乳を揺すって悶えた。

そしてグリグリと股間を擦り付け、若いペニスを味わうようにキュッキュッと締め上げてから、ゆっくり身を重ねてきた。

彼も両手を回して抱き留め、両膝を立てて豊満な尻を支えた。治郎が温もりと感触を味わっていると、彼女も性急に求めてきた割りには動かず、少しでも長く味わおうとしているようだった。

上からピッタリと唇が重なると、治郎も舌を挿し入れてからみつけ、美女の熱い鼻息で鼻腔を湿らせながら生温かな唾液をすすった。

「ンン……」

由紀江も熱く鼻を鳴らし、まだ律動しなくても膣内の収縮と潤いの増してくる様子がペニスに艶めかしく伝わってきた。

「ね、食べちゃいたいって言って……」

クチュッと唾液の糸を引いて唇が離れると、治郎は囁いた。

「食べちゃいたいわ……」

由紀江も頬を上気させ、熱く湿り気ある白粉臭の吐息で囁いてくれた。

「ほっぺをカミカミして……」

さらにせがむと、由紀江も大きく口を開いて彼の頬の肉をくわえ、咀嚼するようにモグモグと動かしてくれた。

もちろん痕が付かない程度に加減してくれている。

「ああ、気持ちいい。こっちも……」

反対側の頬を差し出すと、そちらも由紀江は小刻みに噛んでくれ、彼は甘美な悦びで膣内の幹をヒクつかせた。

「鼻の頭も……」

言うと由紀江は鼻の頭に舌を這わせ、左右の穴までチロチロと舐めてから、大きく開いた口で鼻をくわえてくれた。

下の歯並びのギザギザが心地よく鼻の下に当てられ、口の中の濃厚に甘い刺激の吐息が胸いっぱいに広がった。

「ね、モグモグしてゴックンして」

言うと由紀江も何度か咀嚼し、ゴクリと喉を鳴らしてくれた。

「美味しいって言って」

「美味しいわ、とっても」

「何度も息を飲み込んで、ゲップしてみて。美女の胃の中の匂いも嗅ぎたい」

「まあ、うんと嫌な匂いだったらどうするの」

「もっとメロメロになる……」

治郎が答えると、由紀江も膣内の震えで彼が本当に望んでいるのを知ったか、何度か空気を呑み込んで口を迫らせてくれた。

そして息を詰めているのを待つうち、やがてケフッと微かなおくびを洩らしてくれた。

鼻を押し当てて嗅ぐと、甘い白粉臭に混じり、淡いガーリック臭とほのかに生臭い発酵臭も混じって悩ましく鼻腔が刺激された。

「ああ、いい匂い……」

治郎が美女の刺激臭というギャップ萌えに興奮を高めて喘ぎ、ズンズンと股間を突き上げはじめると、

「変態ね……。アア……！」

由紀江も熱く喘ぎ、合わせて腰を動かしてくれた。互いに動くともう止まらなくなり、たちまちリズミカルな律動になっていった。

粗相したように溢れる愛液が動きを滑らかにさせ、クチュクチュと淫らに湿っ

た音が響き、溢れた分が互いの股間を熱くビショビショにさせた。

「ね、顔に思い切りペッて唾を吐きかけて……」

興奮に任せて言うたび、膣内のペニスが羞恥に脈打った。

すると由紀江も唇に白っぽく小泡の多い唾液を溜めて顔を寄せ、形良い唇をすぼめて息を吸い込むと、強くペッと吐きかけてくれた。

生温かな唾液の固まりが鼻筋を濡らし、ほのかな匂いを漂わせてトロリと頰の丸みを伝い流れた。

「ああ、こんなことさせるなんて……」

由紀江も相当に高まったように声を震わせ、腰の動きを早めた。

「顔中ヌルヌルにして……」

激しく股間を突き上げながらせがむと、彼女も舌を這わせ、というより垂らした唾液を舌で塗り付けるように、彼の顔中をヌルヌルにまみれさせてくれた。

「い、いく……、ああっ……！」

とうとう治郎は、美熟女の唾液と吐息の匂い、肉襞の摩擦と締め付けの中で昇り詰め、喘ぎながらありったけの熱いザーメンをドクンドクンとほとばしらせてしまった。

「き、気持ちいいわ……、アアーッ……！」

噴出を感じた途端に、由紀江もオルガスムスのスイッチが入ったか、激しく声を上ずらせてガクガクと狂おしい痙攣を繰り返した。

膣内の収縮と締め付けも最高潮になり、彼は心ゆくまで快感を味わい、最後の一滴まで出し尽くしていった。

すっかり満足しながら徐々に突き上げを弱めていくと、

「ああ……」

由紀江も声を洩らし、熟れ肌の硬直を解いてグッタリともたれかかってきた。

治郎は、遠慮なくのしかかる美女の重みと温もりを受け止め、まだ名残惜しげに収縮する膣内に刺激され、ヒクヒクと幹を過敏に跳ね上げた。

「あう、もう充分……」

由紀江も敏感になっているように呻き、きつく締め上げてきた。

治郎は間近に迫って喘ぐ由紀江の口に鼻を押し付け、濃厚な白粉臭の吐息を胸いっぱいに嗅ぎながら、うっとりと余韻を味わった。

しばし重なったまま荒い息遣いを整えると、由紀江が囁いた。

「摩美が、この家に住んでほしいって……」

「え……？」

治郎は驚いて聞き返した。

「寮だと、ナースたちに誘惑されるのが心配らしいわ。確かに、この家は部屋がいくつも余っているし、義父もそう言っているので」

「そうですか。でも住むようになったばかりなので、しばらくは病院と寮の両方の雑用を引き受けたいので」

治郎は答えた。

確かに移ったばかりだし、まだ今しばしナースたちと懇ろになっていたいのである。

「そう、じゃ折りを見てまた言うので考えておいてね」

由紀江が言い、どうやら祐介と同じく、彼女もまた治郎を家族の一員にさせる気になっているようだった。

5

「ちょっといいかしら、ほんの少しだけ」

昼食を終えて休んでいると、恵利香が治郎に言った。

今日も治郎は、午前中に病院の廊下やゴミの清掃をし、倉庫で機材の整理などもしていたのだった。午後はナースたちも出払うので、廊下や建物の周りの掃除でもしようと思っていたところだ。

「ええ、いいですよ」

「私のお部屋に来て」

治郎が答えると、恵利香は彼を自分の部屋に招き入れた。やはり治郎の部屋だと、いつ誰が用事で来るか分からないからだろう。

同い年の美女の体臭の籠もる部屋に入ると、もちろん彼にも恵利香の淫らな意図が伝わり、すぐにも勃起してしまった。

恵利香はまた夜勤明けで一眠りした後、今日は夕方から外出して友人と食事でもするようだった。

「やっぱりエッチって、一回して気が済むものじゃないわね。次はあれしようとか色々思ってしまって」

恵利香が脱ぎながら言う。もう彼もその気でいる前提でいるのだろう。

もちろん治郎も手早くジャージ上下を脱ぎ去り、下着を脱いでピンピンに屹立したペニスを露わにさせた。

「まあ、すぐ勃ってくれるから嬉しいわ」

同じく全裸になった恵利香が言い、彼をベッドに座らせると、自分はカーペットに膝を突いて顔を寄せてきた。

そして舌を伸ばしてチロチロと尿道口を舐め回し、張り詰めた亀頭をくわえて吸い付き、スッポリと喉の奥まで呑み込んでいった。

「ンン……」

熱く鼻を鳴らして舌をからめ、顔を前後させてスポスポと摩擦してくれた。

「ああ、気持ちいい……」

治郎も股間に熱い息を受け、唾液にまみれた幹を震わせて喘いだ。

やがて彼がすっかり高まると、恵利香がスポンと口を離してベッドに乗って横たわった。

もうしゃぶったのだから、あとは私にして、という感じである。

治郎も投げ出された恵利香の足裏を舐め、蒸れた指の股を嗅ぎ、爪先にしゃぶり付いて両足とも全ての指を貪った。

味と匂いを堪能してから大股開きにさせ、脚の内側を舐め上げ、張り詰めた白い内腿をたどって股間に迫った。

割れ目は濡れはじめ、茂みに鼻を埋め込んで嗅ぐと、やはり蒸れた汗とオシッコの匂いが悩ましく沁み付いていた。

治郎は鼻腔を刺激されながら舌を挿し入れ、淡い酸味の潤いにまみれた膣口の襞を掻き回し、大きくツンと突き立って光沢を放つクリトリスまで舐め上げていった。

「アアッ……！」

恵利香が仰け反って喘ぎ、内腿できつく彼の顔を挟み付けた。

クリトリスを舐め回して吸い付き、両脚を浮かせてレモンの先のようなピンクの蕾にも鼻を埋め込んで匂いを貪り、舌を這わせてヌルッと潜り込ませた。

「あう、いい気持ち……」

恵利香が呻き、キュッと肛門で舌先を締め付けてきた。

滑らかな粘膜を探ってから舌を引き抜くと、

「そこ、指入れて……」

彼女がせがむので、治郎は唾液に濡れた肛門に左手の人差し指をズブズブと潜り込ませ、膣口にも右手の指を押し込んだ。

「前は、指二本にして……」

恵利香が遠慮なく要求し、彼は二本の指を膣口に潜り込ませた。

そして前後の穴に入れた指で内壁を小刻みに摩擦しながら、再びクリトリスに吸い付いて舌を這わせると、

「アア……、いい気持ち……」

最も感じる三点を刺激され、彼女がクネクネと腰をよじらせて喘いだ。

治郎も、肛門に入った指を出し入れさせるように小刻みに動かし、膣内の二本の指の腹で天井のGスポットを圧迫し、なおもクリトリスを舌で刺激すると、彼女は潮を噴くように大量の愛液を漏らしてきた。

「い、いいわ……、お願い、入れて……」

恵利香が声を震わせて言うので、彼も前後の穴からヌルッと指を引き抜いた。

「あう」

抜ける刺激に彼女が呻き、ビクリと肌を震わせた。

肛門に入っていた指に汚れの付着はなく爪にも曇りはなかったが、嗅ぐと生々しい微香が感じられた。

右手の二本の指は白っぽく攪拌《かくはん》された愛液にまみれ、湯気が立って指の股には膜が張るほどで、指の腹は湯上がりのようにふやけてシワになっていた。

するとき恵利香が腹這いになり、四つん這いで尻を突き出してきた。

「最初は後ろから入れて……」

顔を伏せて言うので、どうやら今日はいくつかの体位を試したいらしい。

治郎も身を起こして膝を突き、彼女の尻を抱えて股間を進めた。

バックから濡れた膣口に先端を押し当て、ゆっくり挿入していくと、彼自身はヌルヌルッと滑らかに根元まで吸い込まれていった。

「アアッ……！」

恵利香が尻をくねらせて喘ぎ、キュッときつく締め付けてきた。

治郎も、初めてのバックの感触を味わい、股間に当たって弾む丸い尻の感触が何とも心地よいと思った。

彼は腰を抱えて、ズンズンと股間を前後させはじめた。

肉襞の摩擦が心地よく幹を包み、溢れる愛液ですぐにも動きが滑らかになり、彼女の内腿にもそれが伝い流れはじめた。

治郎は白い背に覆いかぶさり、両脇から手を回して乳房を揉み、髪に顔を埋めて甘い匂いを嗅ぎながら腰を遣った。

しかし、やはりバックスタイルだと股間に密着する尻の感触は良いが、気の強そうな恵利香の顔が見えず、唾液や吐息も貰えず物足りないので、ここで果てる気はなかった。

「ああ……、今度は横から……」

すると彼女も気が済んだように言い、彼がペニスをヌルッと引き抜くと横向きになった。そして上の脚を真上に差し上げたので、治郎は彼女の下の内腿に跨がり、そのまま再び挿入していった。

「アア、いい……」

深々と貫くと、恵利香が横向きのまま熱く喘いだ。

なるほど、これが松葉くずしの体位かと彼は思った。

互いの股間が交差しているので密着感が高まり、膣内のみならず擦れ合う内腿の感触も新鮮だった。

何度か腰を突き動かすと、さすがに彼もジワジワと高まってきた。

すると恵利香が仰向けになってきたので、あらためて治郎も正常位で挿入し、身を重ねていった。

「もう抜かなくていいから、このまま中でいって……」

恵利香が、下から両手を回してしがみつきながら言った。

治郎も屈み込んで乳首を吸い、顔中で膨らみを味わった。左右の乳首を含んで舐め回してから、腋の下に鼻を埋めると、濃厚に甘ったるい汗の匂いが鼻腔を刺激してきた。

やはりシャワーは夕方の出がけに浴びるらしく、彼もナマの匂いが感じられて興奮が高まった。

待ち切れないように彼女がズンズンと股間を突き上げてきたので、治郎も合わせて腰を動かし、彼女の肩に腕を回して互いの胸を密着させた。

上から唇を重ねて舌を挿し入れると、

「ンンッ……」

恵利香も舌をからめてきて、吸い付きながら熱く鼻を鳴らした。

互いの動きが一致すると、ピチャクチャと湿った摩擦音も聞こえてきた。

「ね、脚を閉じるから跨いで……」

と、恵利香が口を離して言った。治郎が脚を開くと彼女が両脚を閉じ、その両の太腿を彼が跨ぐ形になった。ペニスは挿入されたまま、彼の陰嚢が内腿に挟まれた感じである。

確かに、ネット情報だと、女性は両脚を伸ばした方が絶頂に達しやすいと書かれていた。

「ああ、これ好きなの。アソコだけでなく内腿で男を挟んでいるようで……」

恵利香が熱く湿り気ある息を弾ませて言った。

鼻を押し付けて嗅ぐと、今日も濃厚な悩ましい花粉臭の吐息で、彼は鼻腔を湿らせながら再び動きはじめた。

かぐわしい吐息と膣内の摩擦に、彼は急激に絶頂を迫らせた。

全体重を掛けているので、胸の下では乳房が押し潰れて弾み、恥毛が心地よく擦れ合い、コリコリする恥骨の膨らみも痛いほど下腹部に伝わってきた。

締まりが良すぎるので、ややもすればヌメリでペニスが押し出されそうになるのを、彼もグッと押し付けながら動き続けた。

「い、いっちゃう、気持ちいいわ……、アアーッ……！」

先に恵利香が声を上ずらせ、彼を乗せたままブリッジでもするように身を反り返らせ、ガクガクと狂おしいオルガスムスの痙攣を開始した。

治郎も、膣内の増した収縮と潤いに巻き込まれるように、続いて絶頂に達してしまった。

「く……」

大きな快感に呻きながら、熱い大量のザーメンをドクンドクンと注入すると、

「あう、もっと出して……！」

噴出の温もりを感じたように恵利香が駄目押しの快感に呻き、さらに締め付けを強めてきた。

治郎は快感を嚙み締め、心置きなく最後の一滴まで出し尽くしていった。

そして満足しながら動きを弱めていくと、

「ああ……、気持ち良かった……」

恵利香も声を洩らし、肌の硬直を解きながらグッタリと四肢を投げ出していった。治郎は完全に動きを止めてのしかかり、まだ息づく膣内でヒクヒクと過敏に幹を震わせた。

そしてかぐわしい花粉臭の吐息を嗅いで、うっとりと余韻を嚙み締めた。

「すごい上手になったわね……、他の人ともしているのね……」

恵利香が呼吸を整えながら言う。確かに、優子が落ちやすいことを教えてくれたのは恵利香だった。

治郎はそれには答えず、力を抜いて呼吸を整えた。

そして恵利香をはじめ、この関係者たちに自分が育てられていることを彼は

あらためて自覚したのだった。

第五章　女子プレイに参加を

1

「私たち、実は女同士で戯《たわむ》れているんです」

「でも、たまには男もいいかなって思って来てもらいました」

尚子と清美が、部屋に来た治郎に言った。

翌日の朝食後である。この二人は夜勤を終え、仕事疲れと寝不足でハイになっているところで、三人で遊びたいようだった。

他のナースたちは日勤で、みな出払い、夕方まで寮はこの三人だけだった。

ここは、寮の二階にある尚子の部屋である。

治郎は呼び出され、二人の熱い眼差しで激しく股間を疼かせてしまった。

たまには男も、というからには二人とも処女ではなく、それぞれ過去に男を知り、たまたま今は女同士でレズビアンごっこをしているのだろう。

治郎は思わず、二人がレズビアンだというのは知ってるよと答えそうになり、慌てて口を閉ざした。

何しろ先日、二人のカラミを盗撮したDVDを見たばかりなのである。そしてこの部屋が、あの映像の舞台であった。

二人とも二十七歳だから、治郎より少しだけお姉さんだ。

優子と恵利香がイヌ派とネコ派なら、尚子と清美はキツネ派とタヌキ派といった感じである。

細面で色白、淡いソバカスがあって切れ長の目をした尚子はキツネタイプで、ぽっちゃりして目の大きな清美はタヌキタイプに思えた。

どちらも人を化かすが、それぞれ魅惑的な女に化けていた。

「ね、嫌じゃなかったら脱いで」

「い、嫌じゃないです。少し緊張するけど」

尚子が言って、清美と一緒に脱ぎはじめたので、治郎も答えながら手早くジャージを脱いでいった。

「わあ、すごい勃ってる。嬉しいわ」

清美が治郎の股間を見て言い、全裸になった彼はベッドに横たわった。

やはり枕には尚子の匂いが濃く沁み付き、脱いでゆく二人の混じり合った体臭が、生ぬるく室内に立ち籠めはじめた。

「じゃ、好きにさせてもらうので、じっといい子にしていてね」

二人も一糸まとわぬ姿になって言い、ベッドに上がると、仰向けの彼を左右から挟んできた。

細く見えた尚子は着痩《きや》せするたちか、意外に豊かな胸をして尻も大きく、ぽっちゃりした清美はマシュマロのように柔らかそうだった。

もっとも、すでに二人の全裸は盗撮映像で見ているのである。

そして二人は申し合わせていたように屈み込むと、同時にチュッと彼の左右の乳首に吸い付いてきたのだ。

「あう……」

ダブルの愛撫に、治郎は思わず呻いてビクリと硬直した。

二人は熱い息で肌をくすぐり、チロチロと乳首に舌を這わせては強く吸い、時に軽く歯を立ててきた。

同じようでいて、微妙に非対称の刺激が堪らず、彼は美女たちに圧倒されながらクネクネと悶えた。

「も、もっと強く嚙んで……」

治郎が言うと、二人もやや力を込めて両の乳首をコリコリと嚙んでくれ、彼は甘美な刺激に熱く息を弾ませた。

さらに二人は肌を舐め下り、ときに脇腹にもキュッと綺麗な歯並びを食い込ませ、彼は何やら美女たちに全身を食べられていくような興奮に包まれた。

二人は腰から股間を避けるように治郎の脚を舐め下り、まるで日頃彼が女性にしている愛撫の順番のようだ。

そして何と、二人は彼の両足の裏を舐め回し、爪先にしゃぶり付いて順々にヌルッと指の股に舌を割り込ませてきたのである。

「あう、いいよ、そんなことしなくて……」

治郎は申し訳ないような快感に呻き、それでも生温かな泥濘《でいねい》でも踏むような快感に、唾液に濡れた指で美女たちの舌を挟み付けた。

もちろん彼は朝食後に、今日も良いことがあるかも知れないと、シャワーと歯磨きは済ませていた。

二人は念入りに彼の爪先をしゃぶり尽くすと、大股開きにさせて脚の内側を舐め上げ、股間に迫ってきた。

「あう……」

内腿にもキュッと歯が食い込み、彼は痛み混じりの甘美な感覚に呻いた。

そして二人が頬を寄せ合って股間に迫ると、彼の両脚が浮かされ、二人は尻の丸みを舐めたり嚙んだりしてくれた。

双丘も案外に感じる部分で、彼は浮かせた脚を震わせて反応した。

やがて先に尚子がチロチロと彼の肛門を舐め、ヌルッと潜り込ませてきた。

同い年だが、やはりしっかりした感じに見える尚子が姉貴分で、甘えんぼタイプらしい清美は妹分のようだ。

「く……」

治郎は潜り込んだ尚子の舌を肛門で締め付けて呻き、中で舌が蠢くたび、内側から刺激されたように勃起したペニスがヒクヒク上下に震えて先端から粘液を滲ませた。

尚子が舌を引き抜くと、すかさず清美が舐めてくれ、同じようにヌルリと舌を潜り込ませてきた。

立て続けだと、それぞれの舌の感触や温もり、蠢きの微妙な違いが分かり、そのどちらにも彼は激しく興奮を高めた。

ようやく清美が舌を引き離して脚が下ろされると、二人はまた彼の股間で頬を寄せ合い、同時に陰嚢にしゃぶり付いてきた。

熱い息が混じり合って股間に籠もり、それぞれの睾丸が舌で転がされ、時にチュッと吸われると、思わずビクリと腰が浮いた。

袋全体がミックス唾液に温かくまみれると、いよいよ二人はペニスの裏側と側面をゆっくり舐め上げてきた。

先端まで来ると、二人は交互に粘液の滲む尿道口を舐め回し、張り詰めた亀頭にも同時に舌が這い回った。顔を傾けてしゃぶるたび、二人のセミロングの髪が下腹をくすぐった。

何やら美人姉妹が顔を寄せ合い、一つのソフトクリームでも舐め回しているようだ。

充分に亀頭を唾液にまみれさせると、先に尚子がスッポリと喉の奥まで含んで吸い付き、舌をからめてからスポンと引き抜いた。するとすぐに清美も同じように呑み込んで幹を締め付け、舌をからめてチュパッと引き離した。

「アア、気持ちいい……」

治郎は快感に喘ぎ、ダブルの刺激で急激に高まった。

交互に含まれ、スポスポと摩擦されるうち、彼はもうどちらの口に含まれているかも分からなくなり、絶頂を迫らせて腰をくねらせた。

「い、いきそう……」

「いいわ、出しても。どうせ若いのだから何度も出来るだろうし、最初は飲んでみたいの」

思わず警告を発すると、清美がしゃぶり付いて、尚子が答えた。

その言葉で、治郎はたちまち絶頂の大きな快感に全身を貫かれてしまった。

「い、いく……！」

口走るなり、熱い大量のザーメンがドクンドクンと勢いよくほとばしり、ちょうど含んでいた清美が喉の奥を直撃されて呻いた。

「ンンッ……」

そして清美がスポンと口を離すと、すかさず尚子がしゃぶり付き、余りを吸い出してくれた。

「あうう、すごい……」

チューッと吸引されると、魂まで抜かれるような快感に彼は呻き、最後の一滴まで搾り尽くされてしまった。

治郎がグッタリとなると、尚子は亀頭を含んだまま口に溜まったザーメンをゴクリと飲み下し、口を離して余りを搾るように幹をしごいた。

そして尚子と清美は、また顔を寄せ合い、尿道口から滲む粘液を一緒に舐め取ってくれたのである。

もちろん清美も、口に飛び込んだ濃厚な第一撃は飲み込んでくれたようだ。

「く……、も、もう勘弁……」

治郎は過敏に幹を震わせながら、降参するように腰をよじって呻いた。

ようやく二人は顔を上げ、チロリと舌なめずりしながら言った。

「久々に飲んだけど嫌じゃないわね。強引にされたわけじゃないから」

「ええ、一緒だったから二人で男の精気を吸い取ったみたい」

二人は囁き合い、満足げに萎えてゆくペニスを見下ろした。

「ね、どうすれば早く回復するかしら」

「何でも言って。好きなようにしてあげるから」

二人に言われ、治郎はその言葉だけでピクンと反応してしまった。

「か、顔に足を乗せて」

言うと二人が顔を見合わせ、クスッと肩をすくめて笑いながら立ち上がった。

「そういうのが好きなのね」

「受け身タイプの男は大好きよ」

二人は息をピッタリ合わせて、仰向けの彼の顔の左右にスックと立った。

全裸美女の二人を真下から見上げるのは、何とも壮観である。

二人は互いに身体を支え合いながら、そろそろと片方の足を浮かせると、同時に治郎の顔に乗せてきてくれたのだった。

2

「アア、変な気持ち……」

「こんなことするの初めて……」

治郎の遥か上で尚子と清美がヒソヒソと囁き合い、たまにバランスを取るようにキュッと治郎の顔を踏みつけてきた。

彼は二人の滑らかな足裏を舐め、指の間にも鼻を埋め込んで嗅いだ。

もちろん二人はまだ夜勤明けの入浴前で、指の股はムレムレの匂いが濃厚に沁み付いていた。

まあ外科専門なので、入院患者も怪我人ばかりだから伝染病の心配もなく、舐め回しても問題ないだろう。

治郎は二人の足の匂いを胸いっぱいに嗅いでから、それぞれの爪先にしゃぶり付き、生ぬるい汗と脂に湿った指の股を貪った。

「ああ、くすぐったくていい気持ち……」

二人は喘ぎ、やがて舐め尽くすと自分から足を交替してくれ、治郎は新鮮な味と匂いを堪能し尽くしたのだった。

「顔にしゃがみ込んで」

下から治郎が言うと、待っていたように先に尚子が跨がり、ためらいなく和式トイレスタイルでしゃがみ込んできた。

M字になった脚の内側がムッチリと張り詰め、すでに濡れている割れ目が鼻先に迫った。

盗撮映像では見えなかった割れ目のアップを間近に見上げ、治郎は興奮にムクムクと回復していった。

恥毛は淡いものだが割れ目からはみ出した陰唇は大きめで、小指の先ほどのクリトリスが光沢を放ってツンと突き立っていた。

彼は顔中に熱気を受けながら腰を抱き寄せ、柔らかな恥毛に鼻を埋め、蒸れた汗とオシッコの匂いで鼻腔を満たし、舌を挿し入れていった。

そんな様子を、清美がキラキラする眼差しで覗き込んでいた。

生ぬるく淡い酸味のヌメリを掻き回し、息づく膣口の襞から柔肉をたどり、クリトリスまで滑らかに舐め上げていくと、

「アアッ……、いい気持ち……」

尚子が熱く喘ぎ、思わずキュッと座り込みながら懸命に両足を踏ん張った。

治郎はチロチロとクリトリスを舐め回しては溢れる愛液をすすり、味と匂いを貪った。

さらに尻の真下に潜り込み、ひんやりした双丘を顔中に受け止めながら、谷間の可憐な蕾に鼻を埋め込み、蒸れた匂いで鼻腔を刺激された。

そして舌を這わせ、ヌルッと潜り込ませて滑らかな粘膜を探ると、

「あう……」

尚子が呻き、キュッキュッと肛門で舌先を締め付け、割れ目からは新たな愛液を漏らしてきた。

「い、いい気持ち……、でも清美と交替するわね……」

尚子が言い、未練げに股間を引き離していった。

すると待ちかねたように清美も跨がってしゃがみ込み、色白の内腿を張り詰めさせて割れ目を迫らせてきた。

恥毛はやはりそれほど濃くないが、肉づきが良く、はみ出す陰唇も僅かだったので、指で左右に広げた。

すると中は驚くほど愛液が大洪水になり、膣口が貪欲に息づいて涎《よだれ》を垂らし、小指の先ほどのクリトリスも綺麗な光沢を放っていた。

茂みに鼻を埋め込んで嗅ぐと、清美の体臭なのか汗や残尿臭よりも、砂糖菓子のように甘ったるい匂いが沁み付いていた。

鼻腔を満たしながら舌を挿し入れ、膣口を掻き回すと大量のヌメリですぐに動きが滑らかになった。

柔肉を味わいながらクリトリスを舐め回すと、

「あん、いい気持ち……」

清美が声を洩らし、下腹をヒクヒクと震わせた。

治郎は匂いで鼻腔を満たしながら執拗にクリトリスを舐め、尚子より豊満な尻の真下に潜り込んだ。

するとその間、呼吸を整えた尚子が彼の股間に屈み込み、

「すごい、こんなに回復してる……」

勃起したペニスを見て言い、手のひらで陰嚢を包み込んで付け根を揉みながら先端を舐め回してくれた。

もちろん射精したばかりなので、彼は暴発の心配もなく、快感を味わいながら清美のおちょぼ口の肛門に鼻を埋めて蒸れた微香を貪った。

舌を這わせて襞を濡らし、ヌルッと潜り込ませると、

「あう……、もっと深く……」

モグモグと肛門を収縮させながら清美がせがんだ。

治郎がなるべく奥まで舌を潜り込ませ、ほんのり甘苦い粘膜を味わうと、割れ目から溢れ出した愛液が顔に滴ってきた。

と、そのとき彼自身がヌルヌルッと熱く濡れた粘膜に包み込まれたのだ。

どうやら尚子が跨がり、女上位で膣口に受け入れたらしい。

「アア……、奥まで感じるわ……」

尚子が喘ぎ、前にしゃがんでいる清美の背にしがみつきながらキュッときつく締め上げてきた。

やはりここ最近はレズビアンプレイばかりだったので、男を受け入れるのは

久々なのだろう。

治郎も肉襞の摩擦と締め付け、温もりと潤いを感じながら中でヒクヒクと幹を震わせながら、懸命に清美の前と後ろを舐め続けた。

仰向けの彼の顔と股間に、二人の美女が跨がっているのだ。

こんな様子を祐介が見ているとしたら、相当な興奮をもたらすことだろう。

やがて尚子がスクワットでもするように腰を上下させ、彼は何とも心地よい摩擦に高まってきた。

しかし久々らしい尚子は、あっという間にオルガスムスに達してしまったのである。

「い、いっちゃう……、アアーッ……!」

尚子が声を上ずらせ、清美の背後からしがみつきながらガクガクと狂おしい痙攣を繰り返した。

治郎も、その艶めかしい収縮に巻き込まれまいと、懸命に肛門を締め付けて暴発を堪えた。何しろ後が控えているのである。

何とか我慢していると、ようやく尚子の痙攣が治まってきた。

「アア……、すごく良かったわ……」

尚子はピッタリと座り込みながら言い、荒い息遣いを繰り返していたが、すぐに清美のために場所を空けてゴロリと横になった。

すると清美も彼の顔から股間に移動して跨がり、尚子の愛液にまみれ、淫らに湯気を立てている先端に割れ目を押し当てた。

「わあ、久しぶりだわ……」

清美は言いながら、ゆっくり腰を沈み込ませると、たちまち彼自身はヌルヌルッと再び心地よい肉壺に呑み込まれていった。

「ああッ……、感じる……！」

ピッタリと座り込んだ清美が喘ぎ、すぐにも身を重ねてきた。彼も、やはり微妙に異なる温もりと締め付けを味わいながら、両手で抱き留めて両膝を立てた。

まだ動かず、潜り込むようにして清美の乳首に吸い付き、もう片方の膨らみを揉みながら舌で転がすと、何と余韻に浸っていた尚子まで乳房を割り込ませてきたのだ。

やはり、自分が舐めてもらっていない部分を相方が愛撫されると、思わず対抗意識が湧くものなのかも知れない。

治郎は二人の乳首を順々に含んで舐め回し、顔中でそれぞれの膨らみを味わってから、さらに腋の下にも鼻を埋め込んで甘ったるい汗の匂いを貪った。

やはり二人分だと匂いも濃厚に鼻腔を刺激し、彼はうっとりとダブルの体臭に酔いしれた。

清美の方が、汗っかきらしく匂いが濃いようだ。

その清美が徐々に腰を動かしはじめると、治郎もズンズンと股間を突き上げ、何とも心地よい摩擦に高まった。

そして下から清美に唇を重ねると、また尚子が横から割り込み、三人で唇を密着させることになった。

舌を差し入れてからみつけると、二人分の舌が滑らかに蠢き、混じり合った唾液が生温かくトロトロと流れ込んできた。

三人が鼻先を付き合わせているので、彼の顔中は二人分の吐息に熱く湿った。

「もっと唾を垂らして……」

治郎が囁くと、二人も厭わずたっぷりと唾液を溜めて代わる代わる彼の口に吐き出してくれた。二人分の小泡の多い大量の唾液を味わい、彼はうっとりと喉を潤して酔いしれた。

「顔中も舐めて……」

さらにせがみながら股間の突き上げを強めると、

「アァッ……、い、いきそう……」

清美が唾液の糸を引いて口を離し、熱く喘いだ。口を押し付けて嗅ぐと、清美は摩美に似た甘酸っぱい果実臭をしていたが、摩美のイチゴか桃の香りとは微妙に異なる焼きリンゴ系だった。

尚子の吐息を嗅ぐと、シナモン臭の刺激が含まれ、悩ましく治郎の鼻腔が刺激された。

そして二人は熱い息を弾ませて舌を這わせ、彼の顔中を生温かな唾液でヌルヌルにまみれさせてくれたのだった。

3

「い、いく……、気持ちいいッ……！」

とうとう治郎は、二人の美女のかぐわしい吐息と唾液のヌメリ、清美の摩擦に呻き、激しく昇り詰めてしまった。

そして快感の中で、ドクンドクンとありったけの熱いザーメンをほとばしらせると、

「か、感じるわ……、アアーッ……！」

噴出を受け止めた清美が声を上ずらせ、ガクガクと狂おしいオルガスムスの痙攣を開始したのだった。収縮の蠢きと締め付けの中、彼は心ゆくまで快感を味わい、最後の一滴まで出し尽くしていった。

「ああ……」

治郎が満足して声を洩らし、徐々に突き上げを弱めていくと、清美はもう声も出せず、すっかり快感を堪能したようにグッタリと力を抜いて遠慮なく体重を預けてきた。

治郎は清美の重みと温もりを受け止め、まだ息づく膣内でヒクヒクと過敏に幹を震わせた。

そして二人分の熱く湿り気ある吐息を嗅ぎ、鼻腔を刺激されながらうっとりと快感の余韻に浸り込んでいったのだった。

3Pなど、滅多に出来るものではなく実に贅沢な快感で、いつまでも彼の呼吸と動悸は治まらなかった。

「やっぱり、たまには男としないとダメだわ……」

先に尚子が身を起こして言うと、重なっていた清美もようやく起き上がって、そろそろと股間を引き離していった。

そして二人が立ち上がったので、治郎も呼吸を整えて三人でバスルームに移動した。

便座で洗い場がないので、三人で狭いバスタブに入りシャワーを浴びて股間を洗い流すと、みたび彼自身がムクムクと鎌首《かまくび》を持ち上げていった。

やはり相手が二人もいると、興奮も快復力も倍加しているようだ。

「ね、こうして肩を跨いで……」

治郎は言ってバスタブの中に座り込み、二人には両肩を跨いでもらい顔に股間を突き出させた。

「どうするの……」

「オシッコを出して」

「まあ、そういう趣味があったのね」

尚子が言って嫌がらずに割れ目を向けると、清美も息を詰めて尿意を高めはじめてくれたようだ。

彼は左右から迫る割れ目を交互に舐めたが、濃かった匂いは薄れてしまった。

陰唇の間に舌を挿し入れて掻き回すと、二人とも徐々に奥の柔肉を妖しく蠢かせはじめた。

「あう、出るわ……」

やはり先に尚子が言うなり、チョロチョロと熱い流れをほとばしらせてきた。

それを口に受け、匂いと温もりを味わっていると、清美の割れ目からもポタポタと熱い雫が滴り、間もなく緩やかな流れとなって肌に注がれてきた。

「ああ、いいのかしら……」

清美が喘ぎ、そちらにも口を向けて味わうと、どちらも夜勤明けの疲労のせいか味と匂いが濃厚で、あまり多くは飲み込めなかった。

それでも二人分の温かなシャワーを浴びているうち、彼自身は完全に元の硬さと大きさを取り戻してしまった。

「アア……、変な気持ち……」

「でも興奮するわ、こんなことしてるなんて……」

二人は息を詰めて言いながら、やがて勢いのピークを過ぎると徐々に流れを治めていった。

二人分だからさらに匂いが濃く感じられ、彼は余りの雫を交互にすすっては、舌を挿し入れて濡れた柔肉を舐め回した。

「あう、もういいわ……」

尚子が言って股間を引き離すと、清美も身を離した。

やはり狭い中で三人が身を寄せ合っているので、きつくなってきたのだろう。

もう一度三人でシャワーを浴びると身体を拭き、順々に部屋のベッドへと戻っていった。

「ね、今度は私の中でいって」

「私はもう入れるのは充分、自分の指でするから」

治郎が横たわると、尚子が彼の回復を見て言い、続けて清美が言った。遠慮しているのではなく、クリトリス感覚の方が好みらしい。

「ね、せっかくだから白衣を着て」

「いいわ、洗濯前のものだけど」

彼が言うと尚子が気軽に答え、明日の休みに洗濯するため持ち帰った二人の白衣を袋から出した。

二人が羽織ると、たちまち美人ナースの姿になった。

前がはだけたままなので乳房も茂みも見え、しかもコスプレなどではなく二人の体臭の沁み付いた本物の制服なのである。

二人は白衣姿で彼の股間に屈み込み、また一緒に亀頭をしゃぶってくれた。

「ああ……」

治郎は股間に二人分の熱い吐息を受けながら、舌の蠢きと交互に繰り返される吸引に喘いだ。

彼自身は、ミックス唾液にまみれながらピンピンに膨張した。

すると尚子が身を起こしたので、清美も離れて彼に添い寝してきた。

尚子は白衣を翻して跨がり、幹に指を添えると先端に割れ目を当て、ゆっくりと座り込んでヌルヌルッと受け入れていった。

やはりさっきの絶頂は性急すぎたので、今度はじっくり味わいたいのだろう。

「アア……、いい……」

尚子が完全に股間を密着させて喘ぎ、すぐ身を重ねてきた。

治郎も下から手を回して抱き留め、両膝を立てて尻を支え、添い寝する清美の顔も引き寄せた。

また三人でネットリと舌をからめ、二人分の唾液と吐息を味わうと、

「ンンッ……」

腰を動かしはじめた尚子が熱く呻いた。二人の接点からピチャクチャと淫らな

摩擦音が聞こえてくると、心が通じ合っているように清美も自分のクリトリスをいじり、

「ああ……、いい気持ち……」

　口を離して熱く喘いだ。

「ね、思いっきり顔に唾を吐きかけて……」

　治郎がズンズンと股間を突き上げてせがむと、

「わあ、そんなこともされたいんだ……」

　清美が言い、愛らしい唇をすぼめると強くペッと吐きかけてくれた。

　すると尚子も喘ぎを止めて勢いよく吐きかけ、治郎は二人分の息の匂いと唾液のヌメリを顔中に受けて高まった。

「アア……、またすぐいきそうだわ……」

　尚子が熱く喘いで収縮を強め、ペニスの摩擦を味わいながら絶頂の大波を待っているようだった。治郎も、もう三度目なのに絶頂が迫り、二人のかぐわしい吐息を嗅いで突き上げを激しくさせていった。

　大量の愛液が溢れて彼の股間まで温かく濡らし、治郎は二人の顔を引き寄せて一緒に鼻をしゃぶってもらった。

右の鼻の穴からは尚子のシナモン臭の息を嗅ぎ、左からは清美の果実臭を吸い込んで中でミックスされ、悩ましい刺激が胸に沁み込んでいった。

すると尚子がガクガクと痙攣を開始し、

「い、いっちゃう……、アアーッ……！」

激しく喘ぎながら完全にオルガスムスに達してしまった。すると同時に、

「気持ちいい……、ああッ……！」

クリトリスをいじっていた清美も声を震わせてヒクヒクと痙攣し、横からピッタリと彼に全身を密着させてきた。

治郎も、二人分の唾液と吐息を吸収しながら、とうとう心地よい摩擦の中で激しく昇り詰めてしまった。

「く……！」

呻きながらドクドクと勢いよく注入すると、まだ快感もザーメンも量が減ることなく、溶けてしまいそうなほどに大きな満足が得られたのだった。

「あう、もっと……！」

噴出を感じた尚子が駄目押しの快感に呻き、締め付けを強めた。

全て出しきった治郎が満足しながら徐々に突き上げを弱めていくと、

「アア……」

尚子も満足したように声を洩らし、肌の強《こわ》ばりを解いてグッタリともたれかかった。治郎は収縮の中で過敏に幹を震わせ、二人分の熱い吐息で胸を満たしながら、うっとりと快感の余韻を味わったのだった。

4

「摩美が、どうしても君にこの家で暮らしてもらいたいらしい。どうする」

夕刻、治郎は屋敷の祐介に呼ばれていた。やはり祐介はただ一人、自分の血を引く孫娘には甘いらしい。

「はあ、どうすると仰られても、こうしろと命じて頂ければ僕はどのようにでも致しますので」

「そうか。まあ移ったばかりだしな。では今夜だけでも、どんなものか泊まってみるといい」

祐介が言い、二階にある客間に案内してくれた。

階段を上がると摩美の部屋があり、その隣に客間が二つ、向かいにトイレがあり、一番奥に祐介の書斎があった。

入ると和室の六畳間で、座卓と押し入れがあり、窓からは病院と屋敷の間にある庭が見下ろせた。

「今夜はここで寝るといい。夕食は皆で食べよう」

祐介が、前にも増して上機嫌で言う。どうやらその後の治郎の行為も悉《ことごと》く盗み見て、その性癖が自分と合致したことに深く満足しているのだろう。

確かに、由紀江には解体の願望なども話し、妄想の上とはいえ理解してもらえたようだし、その上ナースとの3Pまでしたのである。

そして治郎も、祐介に覗かれていることは承知していても、いざ行為が始まると夢中になり、すっかり忘れて気にならなくなっていた。

やがて日が落ちる頃に摩美が大学から帰宅し、由紀江も戻って急いで夕食の仕度をしてくれた。

由紀江は、今夜は病院の仮眠室に泊まるようなので、大部分の料理は祐介が作っていたのである。

やがて親族同様に、治郎も含めて四人で食卓を囲み、治郎と祐介はビールを飲んで料理をつまんだ。

「わあ、治郎さん、今夜はうちへ泊まるの？」

摩美が嬉しそうに言い、由紀江も別に異存はないようだった。

由紀江は自分も学生結婚だったので、摩美の婿取りが早くても気にならないらしい。

ビールからワインに切り替え、あらかた食事を終えると、由紀江はすぐに病院へと戻っていった。

「先に風呂に入ると良い」

「とんでもない。院長がお先に」

「いや、わしはもう少し飲むのでな、今夜は入らずに寝る方が良い」

祐介に言われ、治郎も言葉に甘えて広いバスルームに行った。

洗濯機に入っているであろう、母娘の下着も気になったが、今夜良いことがあるかも知れないので我慢し、治郎は全身を洗い流し、湯に浸かりながらゆっくり歯磨きした。

そして上がると、もう祐介はワインも充分らしく、

「あとは飲むなり寝るなり好きにすると良い。わしは先に休むからな」

気を利かせるように言うと、自分の寝室に引っ込んでしまった。

もう戸締まりも済んでいるようなので、治郎も二階の客間に上がっていった。

すると、摩美が押し入れから布団を出して敷いてくれていた。

「ね、私のお部屋に来て。それともこの部屋がいい？」

摩美が悪戯っぽい笑みを浮かべ、秘密めくように囁いた。

「うん、摩美ちゃんの部屋がいいな」

股間を熱くさせながら言うと、摩美もすぐ自室に彼を招いてくれた。

3Pも良いが、やはり秘め事は一対一の密室の方が淫靡で良いと思った。

今日は午前中に3Pをし、午後は仕事も特になかったので仮眠を取り、治郎の淫気はすっかりリセットされていたのである。

「あ、お風呂入って歯磨きしたいな……」

摩美が思い出したように言う。つい治郎がいるから気が急いて、早々と部屋に招いてしまったようだ。

「いいよ、そのままで。お風呂は寝しなにしよう」

「ええ……、でも今日も汗かいているし……」

「それより、高校時代の制服、まだ持ってる？」

「あるけど」

「それを着てほしいんだ。初めて出逢った教育実習の頃の摩美ちゃんを見たい」

言うと、摩美もその頃の熱い思いを甦らせたように頷いた。

「まだ着られるかな……」

クローゼットを開けて言うが、まだ昨春に高校を卒業して十ヶ月ばかりだし、体型も変わっていないのである。

「全部脱いで、その上から着て」

治郎も脱ぎながら言うと、摩美はモジモジとブラウスとスカートを脱ぎ去っていった。

先に全裸になった彼は、思春期の体臭の沁み付いたベッドに横になり、激しく勃起しながら美少女の脱いでいく様子を眺めた。

摩美もためらいなくブラとソックス、ショーツまで全て脱いでから、治郎が教育実習をした懐かしいセーラー服に身を包んでいった。

白の長袖で、紺色の襟と袖には三本の白線、濃紺のスカートを穿いて白のスカーフを胸元で締めると、たちまち女子高生の姿になった。

「来て、ここへ座って」

仰向けで待機していた治郎は興奮を高め、下腹を指差して言うと、摩美も羞じらいを含みながらベッドに上がり、

「ここに座るの……？」

か細く言って恐る恐る彼の腹に跨がり、しゃがみ込んできた。

裾をまくると、ノーパンだから下腹にピッタリと割れ目が密着した。

「じゃ足を伸ばして顔に乗せてね」

治郎が言って彼女の両足首を握り、立てた両膝に彼女を寄りかからせると、足を引っ張って顔の上に乗せさせた。

「あん……、重いでしょう……」

摩美が声を震わせ、全体重を掛けて腰をよじるたび、湿り気を帯びた割れ目が肌に擦り付けられた。

彼は、正に人間椅子になったように美少女の重みを受け止め、顔に密着した両の足裏に舌を這わせ、縮こまった指の間に鼻を割り込ませて嗅いだ。

今日は朝から一日じゅう大学で動き回り、朝も早かったから最後の入浴は昨夜だろう。

指の股はムレムレの匂いが今までで一番濃く沁み付き、彼は爪先にしゃぶり付いて舌を潜り込ませ、汗と脂の湿り気を貪った。

「ああッ、ダメ、くすぐったいわ……」

摩美が喘ぎ、腰をくねらせるたびに擦られる割れ目の潤いが増してきた。

彼は両足とも味と匂いをしゃぶり尽くすと、摩美の足を顔の両側に置き、手を引いて前進させた。

「アア、恥ずかしい……」

摩美は言いながらも、素直に彼の顔に跨がってしゃがみ込んでくれた。なまじ全裸ではなくセーラー服姿だから、なおさら羞恥が増しているのだろう。

脚がM字になると内腿がムッチリと張り詰め、ぷっくりした割れ目が鼻先に迫り、スカートが覆っているので薄暗い内部に、熱気と湿り気が籠もって彼の顔中を包み込んだ。

腰を抱き寄せて若草の丘に鼻を埋めて嗅ぐと、蒸れた汗とオシッコの匂いが濃く沁み付いて鼻腔を刺激してきた。

「いい匂い」

「あん……！」

匂いを貪りながら言うと、摩美がビクリと反応して喘いだ。

舌を挿し入れ、快感を覚えはじめた膣口の襞を探ると淡い酸味のあるヌメリで、すぐに舌の動きもヌラヌラと滑らかになった。

ゆっくりと小粒のクリトリスまで舐め上げていくと、

「アアッ……」

摩美が熱く喘ぎ、思わずキュッと座り込みそうになりながらベッドの柵に両手で摑まった。

治郎はチロチロとクリトリスを刺激しては、溢れる蜜をすすり、味と匂いを貪った。そして大きな水蜜桃のような尻の真下に潜り込み、ひんやりした双丘に顔を密着させた。

谷間の可憐な蕾にも蒸れた匂いが籠もり、彼は充分に嗅いでから舌を這わせ、ヌルッと潜り込ませて滑らかな粘膜を味わった。

「く……」

摩美が呻き、懸命に両足を踏ん張りながらモグモグと肛門できつく舌先を締め付けてきた。

彼は出し入れさせるように舌を蠢かせ、やがて再び割れ目に戻った。

そして大量のヌメリをすすり、クリトリスに吸い付くと、

「あう、ダメよ、何だか漏れそう……」

摩美が声を上ずらせ、割れ目内部の柔肉を蠢かせた。

「いいよ、出しても。決してベッドまで濡らさないから」

治郎は答え、なおも舌を這わせて吸い付いた。

天使の出したものだから、こぼさずに飲み込む自信があるし、そう多くは溜まっていないだろう。

すると味わいと温もりが変わり、チョロッと熱い流れがほとばしってきた。

「アア……」

彼女が喘ぎながら漏らしはじめ、それでもかなり力を入れて少量ずつ出してくれた。

治郎は口に受けて味わいながら、噎せないよう注意深く飲み込んでいった。

すると、やはり刺激で尿意を催しただけで、あまり溜まっておらず、間もなく流れが治まってしまった。

彼は残り香の中で余りの潤いをすすり、柔肉を舐め回した。

「も、もう止めて、交替……」

すると摩美が言って懸命に腰を浮かせ、大股開きにさせた彼の股間に腹這いになり、顔を迫らせてきた。まずは治郎の両脚を浮かせると尻の谷間を舐めてくれ、ヌルッと潜り込ませて蠢かせた。

5

「ああ、気持ちいい……」

治郎は快感に喘ぎ、美少女の舌先を肛門で締め付けた。

摩美も熱い鼻息で陰嚢をくすぐりながら舌を動かし、やがて彼が脚を下ろすとそのまま陰嚢にしゃぶり付いてくれた。

舌で睾丸を転がし、袋の中央の縫い目をツツーッと舌先でたどり、やがて袋全体を生温かな唾液でぬめらせた。

そして身を乗り出し、肉棒の裏側をゆっくり舐め上げ、先端まで来ると粘液の滲む尿道口をチロチロとしゃぶってくれた。

治郎は快感にヒクヒクと幹を震わせ、摩美も張り詰めた亀頭を含み、喉の奥までスッポリと呑み込んでいった。

「アア……」

治郎は喘ぎ、美少女の温かく濡れた口腔に深々と含まれて快感を噛み締めた。

摩美も幹を締め付けて吸い、熱い鼻息で恥毛をそよがせながら、口の中ではクチュクチュと滑らかに舌をからめてくれた。

たちまち彼自身は、美少女の清らかな唾液にまみれ、思わずズンズンと股間を突き上げると、

「ンン……」

摩美が熱く呻き、顔を上下させてスポスポとリズミカルに摩擦しはじめた。

股間を見ると、可憐なセーラー服姿の美少女が上気した頬に笑窪を浮かべ、無邪気におしゃぶりをしている。

「あう、いきそう……」

思わず高まって言うと、摩美もすぐにチュパッと軽やかな音を立てて口を離してくれた。

「上から跨いで入れてみて」

言うと、彼女も前進してペニスに跨がってきた。

そしてスカートの裾をまくると幹に指を添え、先端に濡れた割れ目を押し当てた。

指で陰唇を広げてあてがい、位置を定めると息を詰め、そろそろと腰を沈み込ませていった。

張り詰めた亀頭が潜り込むと、あとはヌメリと重みでヌルヌルッと滑らかに根

元まで受け入れ、

「アアッ……」

摩美が顔を仰け反らせて喘ぎ、ピッタリと股間を密着させて座り込んだ。

治郎も、肉襞の摩擦と熱いほどの温もり、大量の潤いときつい締め付けに包まれた。

彼女も短い杭《くい》に貫かれたように硬直しているが、初回ほどの痛みはなく、むしろ一体となったことを喜ぶようにキュッキュッときつく締め上げてきた。

治郎は彼女を抱き寄せ、セーラー服の裾をめくり上げ、可愛らしいオッパイをはみ出させた。

顔を上げてピンクの乳首にチュッと吸い付いて舌で転がし、顔中で張りのある膨らみを味わうと、甘ったるい体臭が感じられた。

左右の乳首を含んで舐めると、連動するように膣内がキュッキュッと小刻みに収縮した。

さらに乱れたセーラー服に潜り込み、生ぬるく湿った腋の下に鼻を埋め込んで嗅ぐと何とも甘ったるく濃厚な汗の匂いが鼻腔を満たし、うっとりと胸に沁み込んできた。

もう堪らずにズンズンと小刻みに股間を突き上げながら、彼女の白い首筋を舐め上げ、ピッタリと唇を重ねるとグミ感覚の弾力と唾液の湿り気が伝わった。

舌を挿し入れて滑らかな歯並びを舐めると、摩美も歯を開いてネットリと舌をからみつけてくれた。

生温かくトロリとした唾液と、滑らかな舌の蠢きを味わいながら突き上げを強めていくと、

「ンンッ……」

摩美が熱く呻き、彼の鼻腔を息で湿らせた。やがて口を離し、

「唾を垂らして……」

囁くと彼女も懸命に分泌させ、唇をすぼめて白っぽく小泡の多い唾液をクチュッと垂らしてくれた。彼は舌に受けて味わい、うっとりと喉を潤した。

「痛くない？」

「ええ、何だか気持ちいい……」

訊くと摩美が小さく答え、合わせて徐々に腰を動かしはじめてくれた。

やはり由紀江の娘だから成長も早く、大量の愛液が溢れて律動を滑らかにさせていた。

さらに彼は摩美の口を大きく開かせ、鼻を押し込んで熱気を嗅いだ。

湿り気のある甘酸っぱい吐息が鼻腔を刺激し、甘美に胸に沁み込んでいった。

「この匂い、この世でいちばん好き」

「恥ずかしいわ、どんな匂い？」

「桃を食べた後みたいに甘酸っぱく可愛い匂い。もっと強くハーして」

鼻を潜り込ませたまませがむと、摩美も羞じらいながらも熱い息を吐きかけてくれた。

もわっと湿り気が鼻腔に満ち、濃い果実臭が胸を一杯に満たした。

甘いのは発酵、酸っぱいのは腐敗だろうが、こんな美少女の口の中で発酵と腐敗が行われているというだけでゾクゾクと興奮した。

摩美の下の歯並びが鼻の下に当てられ、口の中いっぱいに満ちた芳香が呼吸のたび鼻腔を刺激し、胸に沁み込んでいった。

「しゃぶって」

言うと摩美はチロチロと舌を左右に動かし、両の鼻の穴を舐め回してくれた。

悩ましい匂いとヌメリに彼は激しく高まり、肉襞の摩擦の中で激しく昇り詰めてしまった。

「い、いく……！」

治郎は快感に貫かれて口走り、ありったけの熱いザーメンをドクンドクンと勢いよくほとばしらせた。

「あ、熱いわ、いい気持ち……、アアーッ……！」

すると噴出を感じた摩美も、彼の快感が伝わったように声を上ずらせ、ガクガクと痙攣を開始したのだった。

まだ完全ではないにしろ、確実に膣感覚によるオルガスムスが得られはじめたようだ。

膣内の収縮も一人前になり、彼は快感の中で激しく股間を突き上げ、摩擦の中で心置きなく最後の一滴まで出し尽くしていった。

「ああ、すごく気持ち良かった……」

彼は満足して言い、徐々に突き上げを弱めていくと、

「今の何……、あれがいくということなのかしら……」

摩美も肌の硬直を解きながら、肌をヒクヒク震わせ、今の感覚を思い出すように言った。

「うん、これからは、するたびにもっと気持ち良くなっていくよ」

治郎は答え、まだ息づいている膣内の締め付けに刺激され、射精直後の幹を過敏に震わせた。

そして重みと温もりを味わい、美少女の甘酸っぱい吐息を胸いっぱいに嗅ぎながら、うっとりと快感の余韻に浸り込んでいったのだった。

やがて呼吸を整えると、摩美が身を起こしてそろそろと股間を引き離し、ティッシュで割れ目を拭いた。

そのまま屈み込み、愛液とザーメンに濡れた亀頭にしゃぶり付き、舌で綺麗にしてくれたのだ。

「あう、いいよ、そんなこと……」

治郎は過敏に反応しながら言ったが、摩美は無心にしゃぶり付いてヌメリを吸い取り、その刺激に彼自身はムクムクと回復してきてしまった。

しかし摩美は顔を上げ、

「一度お風呂に入ってきます」

言ってベッドを降りると、セーラー服を脱いでハンガーに掛け、クローゼットにしまった。

そしてパジャマを持って部屋を出たので、治郎はそのまま残り香を感じながら横になっていた。

（二回目は、どんなふうにしようか……）

彼はすっかりピンピンに回復しながら思い、次への期待に胸と股間を脹らませたのだった。

第六章　目眩くハーレムの夜

1

「治郎も、だいぶ身体つきが良くなり、健康的になってきたようだな」

昼過ぎ、祐介が治郎を二階の書斎に招いて言った。もう、すっかり呼び捨てが定着していた。

「ええ、おかげさまで丈夫になりました。感謝の言葉もありません」

「ああ、やはりこのまま家に住むといいだろう。明日にも寮を引き払うと良い」

日々の全てを覗き見ている彼は、もう治郎を家族とすることに何の懸念も抱いていないようだった。

もちろん祐介は、治郎の行為を盗み見た感想などは、一切口にするようなことはなかった。

「承知しました。では今夜一晩寮で過ごし明日から二階に住まわせて頂きます」

治郎が答えると、祐介は立って彼を奥の秘密の小部屋に招いた。

「書斎とこの部屋は、全て勝手に出入りして良い」

祐介は言い、機器の操作を説明してくれた。

病室や寮、屋敷の寝室やトイレまで、どこでも自由に盗み見ることが出来る男のパラダイスだ。

しかし、もう誰とでもセックスできる治郎にとっては、ここで映像を見ながら抜くのはあまりに勿体ないので、見て淫気を高めるだけにとどめようと思った。

もちろん射精回数が激減している祐介にとっては、ここは何にも代えがたい悦びの部屋なのである。

「いずれわしが死ねば、全ては治郎のものだからな。くれぐれも、誰にも知られぬようにしてくれよ」

祐介が言う割りにはまだ身体のどこも悪くないようで、簡単には死にそうもなかった。

死んだ後、美女たちに食べてもらうという楽しみがあるので、逆にいつまでも彼は若く生き生きとしているのかも知れない。世の老人たちは、楽しみを失うから急に老け込むのだろう。

「そうそう、やはりこれは持っておけ」

祐介は言い、茶封筒の百万円を治郎にくれた。

「とんでもない。これは頂けません。ただでさえお世話になりっぱなしなのに」

「なあに、ボーナスの先渡しとでも思えばいい。個人的に買いたいものもあるだろうし、いつまでも通帳が空では良くないだろう」

「はあ、分かりました。有難うございます」

治郎は頭を下げて言い、差し出された封筒を受け取った。

「死んだ息子は、わしに似ず堅物でな、一緒に一杯やることもなかった。だが不思議と治郎はわしと馬が合う。どうか今後とも、摩美や白浜家をよろしく頼む」

懇願され、治郎も恐縮して頭を下げるばかりだった。

やがて彼は午後の仕事にかかり、まず病院の清掃を行い、あとは夕方まで寮を掃除した。

摩美は、もう後期試験も全て終わったので、今日から友人たちと二泊の小旅行に出かけてしまったようだ。

恐らく夜は女同士で飲み、摩美はようやく初体験を済ませたことなどを話して盛り上がるのかも知れない。

明日は休診日らしく、通院患者は来ないが入院患者のためナース全員が休みというわけではないが、それでも夕食時には、十人のナースたちが揃い、休日を前に浮かれているようだ。

治郎も皆とテーブルを囲み、料理の味などよりも美女たちに圧倒されながら夕食を済ませたのだった。

「寮で寝るのは、今夜が最後ですって？」

子持ちで年長の優子が言い、治郎は皆の視線を集めた。

「ええ、短い間でしたが、明日から院長宅の二階に住むことになりましたので」

「まあ、じゃ摩美ちゃんのお婿として最有力候補になったのね」

「すごぉい、やっぱりそうなんだ」

恵利香が言うと、皆は好奇の眼差しで囃《はや》し立てた。

「それはどうか分かりませんが、ちゃんと寮の掃除はしに来ますから」

「でも、お婿候補で、いい大学を出ているのだから、いつまでも雑用というわけにはいかないわね」

優子が言い、それは治郎は元より祐介も由紀江も考えているようで、いずれ病院の事務管理を勉強するよう言われていたのだった。

「じゃ、今夜はお別れパーティをしましょう」

「そうね、全員が揃うなんて滅多にないことだから」

誰かが言うと、皆てきぱきと夕食の後片付けをはじめた。

「そ、そんな、同じ敷地内ですから」

「いいのよ、同じ屋根の下から出ていくのだから、けじめとして追い出しパーティをするわ」

優子が言い、何やら十人のナースたちがいきなり淫らな雰囲気を漂わせはじめたのである。あるいは、治郎が寮で過ごす最後の夜ということで、あらかじめ申し合わせていたのかも知れない。

パーティとは、食後のスイーツか酒でも飲むのかと思ったが、誰かが空いた横長のテーブルの上に、イカダ型のエアーマットを脹らませて敷いた。それは海水浴の砂浜などで昼寝するためのものである。

「さあ、全部脱いでここへ横になるのよ」

恵利香が気の強そうな目をキラキラさせて言い、

「え……？」

治郎は驚きに目を見張った。

３Pなら体験しているが、相手が十人というのは異常である。それなのに彼の股間は、いつしか熱くなっていた。

「私たちも脱ぐから」

恵利香が言って服を脱ぎはじめると、食堂内の全員も手早く脱ぎはじめたのだった。

「な、ならばお願いです。皆さん白衣を羽織って下さい……」

「いいわ、大人数のお医者さんごっこみたい」

治郎が言うと、誰かも賛同し、白衣を持ち出してきた。明日の休みに洗濯するはずのもので、たっぷりと体臭の沁み付いた白衣を、みな全裸になると順々に羽織っていった。

もちろんボタンは嵌めないので、オッパイも茂みも丸見えである。

それを見て治郎も、からかわれているわけではないと悟り、手早く脱いで全裸になってしまった。

もちろん食堂内に籠もる十人分の生ぬるい体臭に、彼自身はピンピンにそそり立っていた。そして彼は、真ん中にあるテーブルに上り、敷かれたエアーマットに仰向けになっていった。

「頼もしいわ、こんなに勃っていて」

まだ治郎と交渉のないナースたちが、熱い視線を向け、やがて十人がテーブルを取り囲んできた。

確かにパーティというより、お医者さんごっこで、十人のナースに取り囲まれた彼は、その視線と熱気だけで今にも果てそうなほど興奮が高まってしまった。

しかも食堂のテーブルだから、これは手術台ではなく、これから皆に貪り食われるのではないかという錯覚も、彼の淫気を激しくさせた。

「さあ、じゃみんなで頂きましょうね。噛むのは良いけど、痕が付かないようにしてあげて」

優子が言い、率先して彼の脇腹に吸い付き、キュッと歯を食い込ませてきた。

すると残りのナースたちも、頂きまーすと口々に言って彼の全身あちこちに吸い付いてきたのである。

本当に食べられているようで、この十人なら、内緒にしなくても祐介の肉入りシチューを平気で食べてくれるのではないかと思ったほどだ。

治郎は夕食前にシャワーを浴びたが、足もとにいる二人は厭わず彼の両の爪先にしゃぶり付き、順々に指の股に舌を割り込ませてきた。

左右から屈み込んだ別の二人は彼の乳首を吸い、軽く歯を立てて刺激し、残りのナースたちも内腿や頰、耳を嚙んで貪りはじめた。

だが、誰もまだペニスには触れてこないので、簡単に射精させないつもりのようだった。

「アア……」

治郎は十人の息で肌をくすぐられ、唇と舌と歯で全身を愛撫されて喘いだ。

何やら黄泉《よみ》の国で、多くの鬼に貪られているようだ。しかも鬼ではなく、美しく白い淫魔女の群れである。

中には治郎の手を取り、自らの割れ目をいじらせるものもいて、彼は濡れた柔肉に触れ、クリトリスを擦ってやった。

「アア、いい気持ち……」

ナースの一人が熱く喘ぎ、治郎もペニスに触れられていないのに、尿道口からヌラヌラと粘液を滲ませた。

優子が彼の顔に胸を突き出し、自ら乳首をつまんでポタポタと母乳を滴らせてくれた。彼は甘ったるい匂いに包まれながら喉を潤し、どこかをキュッと嚙まれるたびクネクネと反応して悶えた。

「うつ伏せになって」

誰かに言われ、治郎が素直に腹這いになると、脹ら脛や太腿、尻にも舌と歯の愛撫が繰り返され、特に背中を舐められるのは初めてで、

「あう、気持ちいい……」

思わず声が洩れるほど感じてしまったのだった。

尻の双丘を嚙んでいるのは、レズビアンの尚子と清美らしく、とうとう股間への愛撫が解禁されたように、谷間が開かれると交互に舌が肛門に潜り込んできた。

2

「あう……、いい……」

治郎は、ヌルッと侵入した舌先を肛門で締め付けて呻いた。

彼女たちも少し味わっただけで交替しているし、うつ伏せなので誰にされているのか分からない。

それでも、微妙に異なる舌の感触を肛門で味わい、うつ伏せのペニスが押し潰されてヒクヒクと震えた。

やがて再び仰向けにされると、両手が差し上げられ、左右から腋の下を舐められ、とうとう一人は股間に潜り込んで陰嚢を舐めてくれた。その他にも、再び乳首や脇腹、両の爪先もしゃぶられて貪られた。

彼女たちは、女同士の唾液の痕を舐めるのも構わないようで、誰もがまだ舐めていない部分に舌を這わせ、綺麗な歯並びを食い込ませてきた。

「してほしいことある？」

「足の指を嗅ぎたい……」

訊かれて、彼は答えていた。やはりせっかく美女たちと懇ろになるなら、全てのナマの匂いを知ることが常識である。

「まあ、ムレムレで臭いのが好きなの？　いいわ」

一人が言い、椅子の上に立ち上がり、彼の顔に足裏を乗せてくれた。

すると反対側からも一人が同じようにし、残りは順番を待ちながら愛撫を続けていた。

治郎は二人分の足裏を舐め、汗と脂に生ぬるく湿って濃厚に蒸れた指の股を嗅ぎ、舌を割り込ませて味わった。

「あう、くすぐったいわ……」

「でもいい気持ち……」

彼女たちが言い、両足とも愛撫させてから順々に入れ替わっていった。

誰もみなムレムレの濃い匂いを籠もらせ、さすがに十人は多く、味と匂いだけで彼はすっかり酔いしれてしまった。

「次はどうされたいの？」

「唾が飲みたい……」

「そう、いいわ」

一人が顔を迫らせて唇をすぼめ、大量の唾液をトロリと吐き出してくれた。

舌に受けて生温かな唾液を味わう暇もなく、どんどん屈み込んで垂らしてくるので、すっかり口に溜まったものを贅沢に飲み込んだ。

さすがに十人分となると、興奮が追いつかず、ただ生温かな粘液を順々に飲んだだけになった。

中には垂らさずピッタリと唇を密着させ、舌をからめながら口移しに注ぐものもいた。

そこで一人がディープキスをすると、牽制し合っていた彼女たちが我も我もとキスをし、彼はすっかり酔いしれてしまった。

十人分の息の匂いは、大半は甘酸っぱい果実臭だが、中には尚子のようなシナモン臭や、恵利香の花粉臭もあってそれぞれに興奮し、しかも夕食後だからガーリックやオニオンの香りも混じって鼻腔が悩ましく刺激された。

一人一人が美女なのに、それらをいっぺんに味わうというのも実に贅沢で勿体ないことであった。

「オッパイ吸って……」

優子が言い、母乳の滲む乳首を含ませてきたので、彼も吸い付いて生ぬるいミルクを舐め、顔中に巨乳を押し付けられながら体臭に噎せ返った。

乳首も順々に十人の左右とも味わい、さらに汗ばんだ腋の下も全員分嗅がせてもらったので、彼はすっかり混じり合った甘ったるく濃厚な汗の匂いにうっとりと酔いしれた。

彼女たちも陰嚢を舐め回し、ようやくペニスをしゃぶりはじめた。

「あう……」

チュッと吸われて治郎が喘ぐと、快感を味わう間もなく恵利香が跨がり、

「舐めて……」

彼の顔の上にしゃがみ込んで割れ目を押し付けてきた。

彼は順々にペニスをしゃぶられながら、恵利香の恥毛に濃く籠もる汗とオシッコの匂いを味わい、舌を挿し入れていった。

すでに内部は愛液が大洪水になり、彼はヌメリをすすりながら大きめのクリトリスを舐め回し、さらに尻の真下にも潜り込み、蒸れた匂いを嗅いでからヌルッと肛門に舌を潜り込ませた。

「く……、いい気持ち……」

恵利香が呻き、モグモグと肛門で舌先を締め付けた。

「もう交替よ」

それを見ていた他の娘が言って跨がり、また治郎は十人分の割れ目の匂いと肛門を味わうことになった。

味も匂いも異なり、酸味の濃い愛液もあれば、ヨーグルトに近い味わいもあった。オシッコ臭が強い子や、生理直後の鉄分の匂いも感じられ、そのどれにも彼は興奮を高め、ペニスをしゃぶられながら懸命に絶頂を堪えた。

肛門も様々で、恵利香のようにレモンの先に似た形もあれば、椿の花弁のように上下左右にぷっくりした小さな乳頭状の突起のある艶めかしい形もあった。

やがて全員の前と後ろを味わい、彼女たちも全員ペニスをしゃぶったようだ。

「じゃ歳の順ね」

優子が言ってテーブルに乗ると彼の股間に跨がり、十人分の唾液に濡れた先端に割れ目を押し付け、ゆっくり腰を沈めて受け入れていった。

「アア……！」

ヌルヌルッと根元まで嵌め込んで座ると、優子が顔を仰け反らせて喘いだ。

治郎も快感に包まれ、いつどこで漏らして良いのか分からないまま、動きはじめた優子の摩擦に奥歯を噛み締めた。

すると左右から、尚子と清美が彼の耳の穴に舌を挿し入れてきたので、聞こえるのはクチュクチュという舌の蠢きと唾液のヌメリだけで、何やら頭の中まで舐め回されている気になった。

「い、いっちゃう……！」

優子が巨乳を揺すって腰を上下させながら口走り、ガクガクとオルガスムスの痙攣を開始しながら収縮を強めた。

それでも治郎が堪えきれたのは、やはり十人に圧倒されている羞恥と緊張のせいであろう。

優子がグッタリとなると、二人のナースが支えながら移動させた。

すかさず次の子が跨がって、女上位で交わってきた。

「アアッ……、いい気持ち……」

彼女がピッタリと股間を密着させ、キュッキュッと締め上げながら喘いだ。

実に肉襞の蠢きが良く、相当な名器なのかも知れず、治郎もいよいよ危うくなりながらも、快感に任せて股間を突き上げてしまった。

すると彼女がすぐにもガクガクと絶頂に達し、収縮に巻き込まれながらも治郎は我慢することが出来た。

「ああ、良かった……」

彼女がテーブルを降りると、三人目が跨がって嵌め込み、これも実に締め付けのきつい子だった。

「ああ、すぐいきそうよ……」

彼女も最初から喘いで言い、待っている子たちは何度も彼の両足を舐め、乳首を嚙み、頰にも舌を這わせていた。

すぐいきそうと言うから、また堪えきれるかと思ったが、とうとう治郎も三人目にして昇り詰めてしまった。

「い、いく……！」

治郎が呻くと、快感を増してくれるように左右の子が頰を嚙み、熱くかぐわしい吐息を与えてくれた。

同時に熱い大量のザーメンがドクンドクンと勢いよくほとばしると、

「感じる……、アアーッ……！」

噴出を受けた子もオルガスムスに達して喘ぎ、激しく痙攣しながらきつく締め上げた。

最後の一滴まで搾り取られ、彼がグッタリとなると彼女が股間を引き離し、待っていた子が愛液とザーメンに濡れた亀頭にしゃぶり付いてきた。

「ま、待って、少しの間は触れないで……」

過敏に腰をくねらせながら言うと、さすがに彼女も逆効果と思って口を離し、代わりに陰嚢を舐め回してくれた。

彼も、これで済むわけもないから左右の子の顔を抱き寄せ、三人で舌をからめながら唾液と吐息を吸収した。すると効果覿面《てきめん》で、すぐにもムクムクと回復しはじめたのだ。

やはり十人もいるから匂いに飽きることもなく、ローテーションするだけで新鮮な興奮が湧いてくるのである。

「わあ、すぐ勃ってきたわ。偉い偉い」

誰かが言いながら跨がり、回復したばかりのペニスをヌルヌルッと滑らかに受け入れていった。

「アアッ……、いい気持ち……」

彼女が股間を密着させて言い、治郎もしばらくは暴発の心配もないから、硬度だけ保つよう努め、順々に唾液と吐息をもらったのだった。

3

「い、いく……、ああッ……!」

治郎は昇り詰め、声を洩らしながらドクドクと射精した。もう女上位で跨がってきたのは、五人目か六人目だろう。

噴出を感じた彼女もオルガスムスに達し、やがてグッタリともたれかかってきたが、まだまだ挿入を待っているナースがいる。

しかも満足したナースは、部屋に戻ってシャワーでも浴びれば良いのに、全て見届けようと居座り続けているのだ。

だが中には挿入されるより、舐められていきたいという子もいたので、その間に治郎は奉仕をしながら少し休むことが出来た。

「さあ、じゃ回復するまで次は何してほしい？」

「お、オシッコを……」

訊かれて、治郎はまた徐々に回復しながら答えていた。

「いいわ、じゃ治郎さんのお部屋へ行きましょう」

言われて引き起こされ、彼が自室のバスルームに入ると、十人も乱れた白衣姿でゾロゾロと付いてきた。

彼がバスタブの中に座ると、左右から二人がバスタブのふちに乗って跨がり、脚をM字にさせて股間を迫らせた。

「アア、こんなことするの初めて……」

一人が言いながら、身構える間もなくシャーッと勢いよく放尿してきた。続いてもう一人もチョロチョロと漏らしはじめ、治郎は二人分の流れを受け、温もりと匂いを味わった。

舌に受けて味わい、全身に温かなオシッコを浴びながら、心地よく浸されたペニスがムクムクと完全に回復してきた。

流れが治まると、彼は二人の割れ目を舐めて残り香を味わった。

するとと次の二人が跨がり、順々に遠慮なく浴びせかけてきたのだ。

もう満足しているはずの優子も、恵利香も尚子も清美も、その他のナースたちも勢いよく放尿してくれ、治郎は混じり合った匂いに包まれ、興奮を高めてピンピンに勃起した。

味も匂いもみな微妙に違うが、どれも彼を悩ましく刺激した。

とうとう最後の二人がバスタブに跨がり、チョロチョロと放尿してくれた。

「アア……、こんなに勃ってるなんて変態だわ……」

「でも、みんなでするから恥ずかしくないわね……」

浴びせながら言い、治郎は全てを味わったが、飲み込んだのはほんの少しだけだった。

ようやく熱い流れが治まると彼は割れ目の雫をすすり、濃厚な残り香の中で二人に舌を這わせてやった。

「あん、いい気持ち……」

クリトリスを舐められた子が喘ぎ、プルンと放尿後の震えを起こしながら、新たな愛液を漏らしてきた。

やがて順々にバスルームを出てゆくと、治郎も最後にシャワーを浴び、急いで身体を拭いて食堂の晩餐会へと戻っていった。

勃起したペニスがしゃぶられてヌメリを与えられると、まだしていない子が跨がり、女上位で受け入れていった。彼も、しばらくは暴発の心配もなく、硬度を保ったまま快感を味わった。

「い、いく……、気持ちいい……！」

一人がガクガクとオルガスムスの痙攣を開始して口走り、膣内を艶めかしく収縮させた。

彼女が離れると、次の子が跨がり、同じように深々と受け入れながら股間を擦り付けてきた。治郎も勃起しながら何とか堪えていたが、次第にジワジワと絶頂が迫ってきた。

しかも他の子たちが爪先をしゃぶり、耳を舐め、頬にも熱烈にキスしてくるのである。治郎の顔中は混じり合った唾液でヌルヌルにまみれ、濃厚な吐息が鼻腔を満たし続けた。

そして辛うじて保ったまま、彼女が昇り詰めると、残りは一人となった。

もう年齢順ということではなく、最後は清美である。

「私は下になりたいわ」

清美が言うので、治郎も身を起こし、最後の一人だから思い入れも強くしながら正常位で挿入していった。

「アアッ……！」

ヌルヌルッと滑らかに根元まで嵌め込むと、清美が顔を仰け反らせて喘ぎ、身を重ねた彼に下から両手でしがみついてきた。

治郎も温もりと感触を味わいながら、もう我慢することもなくズンズンと腰を突き動かしはじめた。

すると残りの九人が彼の背中を舐め、脇腹に歯を立て、尻の双丘や、一人は肛門を舐めてくれた。しかもヌルッと舌が潜り込むので、彼が律動するたび舌も出し入れされた。

左右からは二人が顔を寄せ、清美も合わせて皆が舌をからめ、治郎は三人分の吐息の匂いに鼻腔を刺激されながら動きを速めていった。

「い、いきそう……」

下で清美が舌を引っ込め、甘酸っぱい息を弾ませて言った。

やがて収縮が強まると、とうとう治郎も昇り詰めてしまった。

「く……！」

快感に呻きながら、まだ残っていたかと思えるほど大量のザーメンが、ドクンドクンと勢いよく内部にほとばしると、

「い、いい気持ち……、アアーッ……！」

噴出を感じた清美もオルガスムスのスイッチが入り、喘ぎながらガクガクと狂おしい痙攣を開始したのだった。

治郎も快感を嚙み締め、心置きなく最後の一滴まで出し尽くし、すっかり満足しながら動きを止めてグッタリともたれかかっていった。

「ああ……、良かった……」

清美も満足げに声を洩らし、ぽっちゃりした柔肌を投げ出していった。

息づく膣内でヒクヒクと幹を過敏に震わせ、何人かの息の匂いで鼻腔を満たしながら、彼はうっとりと余韻を味わった。

「よく頑張ったわね。みんな満足して、よく眠れそう」

優子が言い、治郎が身を起こすと、愛液とザーメンにまみれたペニスにしゃぶり付き、舌で綺麗にしてくれた。

「あうう、も、もういいです……」

治郎も過敏に反応しながら言い、清美もテーブルを降りた。

「さあ、じゃ引き上げましょう。シャワーは各自の部屋で」

優子が言うと、皆ゾロゾロと乱れた白衣姿のまま食堂を出てゆき、エアーマットも片付けられた。

灯りが消されたので、治郎もフラフラになりながら自室に戻り、それでももう一度シャワーを浴びた。

そしてベッドに倒れ込みながら、今あったことは現実のことなのだろうかと思った。

それほど、十人もの美女を一度に相手にするなどというのは非現実的だった。

見ていた祐介は悦ぶだろうが、せめて3Pを数日間で五回に分けた方が、それぞれの肉体をじっくり味わえたことだろう。

何やら高級な食材を、短時間で食い散らかしたようで勿体なかった。

それでも豪華には違いなく、一生に一度の思い出になることだろう。

十人のあれこれを思い出しても、もうペニスは満足げに萎えていた。

やがて彼は、さすがに疲れているので、目を閉じるとすぐにも深い睡りに落ちていったのだった……。

4

「遺言状は清書した。内容は、治郎が見た草案の通りだ」

翌日の午後、治郎は祐介の書斎に呼ばれて言われた。

今日は珍しく白衣姿なので、これからすぐまた病院へ行くのだろう。

確かに、書斎の大机の引き出しを彼が開けると、封のされた遺言状が二通入っている。

一通は、表に出せない性癖のことで由紀江と治郎だけに宛てたもの、もう一通は公《おおやけ》の法的な内容なのだろう。

「書き加えたのは、摩美の配偶者に関することだけだ。摩美もわしと由紀江に懇願し、どうにも十八歳のうち、つまり来月いっぱいには入籍したい希望があるらしい」

祐介が言う。摩美は三月の早生まれである。

恐らく摩美は、治郎と深い仲になった十八歳のうちに、という願いがあるのだろう。

「はあ……、本当に良いのか戸惑うばかりです」

治郎は、恵まれすぎている状況にまだ困惑していた。もちろん自分は天涯孤独だから、反対されるような身内はいないし、掛川から白浜姓になることにも問題はなかった。

「ああ、そういう遠慮がちなところも気に入っているのだ。まあ先のことは分からんから、早いとこ入籍した方が落ち着くだろう。この先、何が起こるか分からんのだからな」

祐介は、早世した一人息子のことを言っているのだろう。

とにかく祐介は、治郎とナースたちの大饗宴まで覗いていたのか、ひたすら上機嫌であった。

「何かあって、ダメならダメで別れりゃいいことさ」

祐介が、くわえタバコの紫煙をくゆらせて言う。

「そんなものなのでしょうか」

「ああ、恋は一人が一瞬で燃え上がるものだが、愛は二人で長年かけて育《はぐく》むものだ。愛は真心、恋は下心だ」

「はあ、勉強になります」

「じゃ摩美が旅行から戻ったら、家族会議で具体的なことを話し合おう。わしも摩美の結婚を機に引退し、院長を由紀江に譲ってノンビリしたい。今日から、院内や寮の掃除は止めて良いから、これを読んでおくように」

祐介は言い、白浜病院に関する資料を出してくれた。

「分かりました」

「これで院のシステムや経費の出納《すいとう》、医療機器などの提携業者に関する情報などを把握しておいてもらいたい。いずれ事務長になってもらうからな。ではわしは病院に戻る」

祐介は言って書斎を出ていくと、治郎は資料を持って向かいにある自分の部屋に戻った。

今日の午前中、治郎は寮の自室から僅かな荷物を屋敷の二階に運び入れ、小一時間で引っ越しを終えたのである。そして短い間だったが世話になった寮の部屋を掃除し、昨夜何度となく射精した食堂でカレーライスの昼食を済ませてから、祐介に呼ばれて屋敷に来たのだった。

祐介にもらった百万円は、三万ばかり財布に入れて残りは銀行口座に入れた。そのうち服や靴でも買いに出ようと思っている。

旅行中の摩美からは、今朝ＬＩＮＥが入っていた。

『ゆうべお友達に、治郎さんのこと話しちゃった』

嬉しげな文章に、彼も当たり障りない返信をしておいた。

摩美が夕食後に友人たちと告白話などをしている頃、治郎は十人ものナースたちと戯れていたのだが、そんなことは摩美は夢にも思っていないだろう。

治郎が寮にいるとナースたちに誘惑されるという、摩美の危惧は的中していたのである。

とにかく治郎は、新たな自室で病院の資料を読み込むことにした。

あまりの幸福による緊張や不安も大きいが、それは祐介の言う通り、先々何かが起きたら、その都度考えて対処すれば良いだろう。

病院の経営は、何の問題もなく順風満帆のようである。

十人のナースも、通いの医師や衛生士なども仲良くやっているようだし、重篤な患者もおらず順々に回復して退院している。

もちろん祐介は医師会のみならず、地元の警察や教育関係者とも知己《ちき》で顔が広いようだ。

ただ、祐介の秘密の性癖を知るのは、今のところ治郎だけである。

やがて日が落ち、祐介と由紀江が帰宅してきた。病院の方は、泊まりの通い医師や夜勤のナースに任せたようだ。

先に祐介が風呂に入り、夕食となった。

また祐介と治郎は酒を酌み交わし、由紀江も交えて一足早く家族会議を行い、入籍の話も決定となった。

摩美の帰宅は明日だから、きっと結果に大喜びするのだろう。

夕食を終えると祐介は寝室に引っ込み、治郎も入浴と歯磨きを済ませて二階の自室に入った。

すると間もなく、片付けと戸締まりを終えた由紀江が入って来たのである。

何と彼女は色っぽいネグリジェ姿だが、漂う甘ったるい匂いで、まだ入浴前と分かった。

治郎の性癖を熟知し、ナマの匂いのままで来てくれたのだろう。

「まだ眠くないわね？」

「ええ、もちろんです」

彼は答えた。ちょうど布団を敷いたところである。

「じゃ脱いで、一緒に寝ましょう」

由紀江が言って灯りを小さくし、ネグリジェを脱ぎ去って白い熟れ肌を露わにしたが、もちろんメガネだけはそのままだ。

治郎も手早く全裸になり、激しく勃起しながら横になると、彼女が添い寝してきた。

「本当にいいの？　摩美のお婿として迎えて」

「それは、こっちが訊きたいです。本当に僕なんかで良いのでしょうか」

まだ触れることはせず、二人は横になって話し合った。

「良いのよ。摩美もお義父《とう》さんも、とっても治郎さんを気に入っているから、もちろん私も」

由紀江は言い、優しく腕枕してくれ、彼の顔を巨乳に包み込んでくれた。

生ぬるい体臭と柔らかな膨らみにうっとりとなったが、まだ話は続いた。

「私と摩美と、どっちが好き？」

由紀江が彼の顔を覗き込み、熱く湿り気ある白粉臭の吐息で囁いてきた。

「りょ、両方です。でも由紀江先生は、僕の最初の女性だから思い入れがすごく強いです……」

「そう、ママって呼んでごらんなさい」

「ママ……」

治郎は小さく言い、甘ったるい慕情に包まれた。

彼も実母のことはお母さんと呼んでいたので、ママという言い方にはイメージがダブるような抵抗もない。

「アア、可愛い……」

由紀江は熱く喘ぎ、きつく彼の顔を胸に抱きすくめた。

「ナースたちは、誰が好き？」

さらに由紀江が訊いてくる。長年付き合っているナースたちだから、寮で彼に手を出していることぐらい察しているのかも知れない。

「みんな違って、みんないいです……」

「まるで金子みすゞね」

由紀江がクスッと笑い、そのままチュッと彼の額に唇を触れさせた。

生温かく濡れた唇の感触が心地よく、思わず治郎はビクリと肩をすくめた。

彼女は治郎を仰向けにさせると、額から鼻筋をチュッチュッとソフトにキスしながら移動し、やがて上からピッタリと唇を重ねてきた。

治郎も、密着する唇の弾力と唾液のヌメリに陶然《とうぜん》となった。

ヌルリと舌が潜り込み、治郎もからみつけて生温かな唾液と滑らかな舌の蠢きを味わった。

由紀江は、彼が好むのを知っているので、トロトロと口移しに唾液を注いでくれ、治郎もうっとりと味わい喉を潤した。

彼は美熟女の熱い鼻息で鼻腔を湿らせ、そろそろと巨乳に手を這わせ、指先で乳首をいじると、

「アア……」

由紀江が口を離し、熱く喘いだ。その口に彼は鼻を押し込み、濃厚な白粉臭の吐息で鼻腔を満たし、勃起したペニスを熟れ肌に押し付けた。

「いい匂い、このお口に身体ごと入りたい……」

うっとりと嗅ぎながら言うと、

「そんなに食べられたいの？　まるでお義父さんそっくり」

由紀江が囁いて彼は驚いた。

「え……？　知っているの？　院長の願望を……」

「ええ、まだお元気な頃に何度かエッチして、そのたびにそんな願望を口にしていたから。だからあなたたちは、きっと相性が良いのね」

彼女が言い、治郎はそれほどの衝撃は受けず、同じ屋根の下だから、そういう

こともあるだろうと思った。

「じゃ、もし院長が死んだら食べてほしいと遺言したら叶えます？」

「私に出来ることなら何でもするわ。例え法に触れることでも。感謝しきれないほどお世話になっているのだから」

由紀江が言う。

訊くと彼女の両親はすでに亡く、唯一の親族は兄の内科医だが、兄嫁と折り合いが悪くほとんど没交渉のようだ。それで出ていくこともなく、他に好きな男も出来ず、ずっと住んでいるらしい。

「そう……」

治郎も安心した。これで祐介との約束は果たせそうだった。

やがて彼は本格的な愛撫を開始し、由紀江の乳首にチュッと吸い付き、顔中で巨乳の感触を味わいながら舌で転がしはじめたのだった。

「アア……、いい気持ち……」

彼女が喘ぎ、クネクネと熟れ肌を悶えさせては、生ぬるく甘ったるい汗の匂いを漂わせた。

治郎は彼女を仰向けにさせてのしかかり、左右の乳首を順々に含んで舐め回した。そして腋の下にも鼻を埋め、色っぽい腋毛に生ぬるく籠もり、濃厚に甘ったるい汗の匂いに噎せ返った。

充分に胸を満たしてから白く滑らかな肌を舐め下り、臍を探り、股間を避け、豊満な腰から脚を舐め下りていったのだった。

5

「あう……、くすぐったいわ……」

爪先にしゃぶり付き、指の股に舌を割り込ませると、由紀江がビクリと反応して呻いた。治郎は指の間に沁み付いたムレムレの濃い匂いを貪り、汗と脂の湿り気を味わった。

そして両足とも味と匂いを貪り尽くすと、由紀江を大股開きにさせて脚の内側を舐め上げていった。

スベスベでムッチリした内腿をたどって股間に迫ると、すでに割れ目は熱気と湿り気が満ち、指で陰唇を広げると膣口からは白濁した本気汁が溢れていた。

黒々と艶のある茂みに鼻を埋め込んで嗅ぐと、生ぬるく蒸れた汗とオシッコの匂いが悩ましく籠もり、鼻腔を刺激してきた。

舌を挿し入れて淡い酸味のヌメリを掻き回し、膣口からクリトリスまで舐め上げていくと、

「アァッ……、いい気持ち……！」

由紀江が顔を仰け反らせて喘ぎ、内腿でキュッときつく彼の両頬を挟み付けてきた。治郎は執拗にクリトリスを舐めては、新たに湧き出す愛液をすすり、さらに彼女の両脚を浮かせて豊かな尻に迫った。

ピンクの蕾に鼻を埋め込み、蒸れた匂いを貪ってから舌を這わせ、ヌルッと潜り込ませて滑らかな粘膜を探ると、

「あう……」

由紀江が呻き、モグモグと肛門で舌先を締め付けた。

彼は舌を蠢かせてから脚を下ろし、再び割れ目に戻って大洪水のヌメリを舐め取り、光沢あるクリトリスに吸い付いた。

「も、もうダメ、いきそうよ……」

由紀江が言って身を起こしてきたので、彼も股間から離れて仰向けになった。

股を開くと彼女が中心部に腹這いになり、まずは両脚を浮かせて尻の谷間を舐めてくれた。

「く……、気持ちいい……」

ヌルッと舌が潜り込むと治郎が呻き、美熟女の舌を肛門で締め付けながら勃起した幹を上下させた。

彼女も充分に蠢かせてから脚を下ろし、陰嚢にしゃぶり付いて睾丸を転がし、熱い息を股間に籠もらせた。

そして前進して肉棒の裏側を滑らかに舐め上げ、粘液の滲む尿道口をチロチロしゃぶってから、スッポリと喉の奥まで呑み込んでいった。

たちまち彼自身は、温かく濡れた由紀江の口腔に根元まで納まり、唾液にまみれた幹を震わせた。

「ンン……」

由紀江が熱く鼻を鳴らして吸い付き、クチュクチュと舌をからめてきた。

「い、いきそう……」

急激に高まった治郎が口走ると、由紀江もすぐにスポンと口を離して身を起こし、前進して跨がってきた。

先端に割れ目を擦りつけて位置を定め、息を詰めるとゆっくり腰を沈め、ヌルヌルッと滑らかに根元まで受け入れていった。

「アァッ……、いいわ……！」

由紀江が完全に座り込むと、顔を仰け反らせて喘いだ。密着した股間をグリグリ擦り付けてから身を重ねると、治郎も両手を回して抱き留め、両膝を立てて豊満な尻を支えた。

彼女も遠慮なく体重を掛け、巨乳を彼の胸に押し付けながら、すぐにも腰を動かしはじめた。

治郎も合わせてズンズンと股間を突き上げ、何とも心地よい肉襞の摩擦と滑らかな潤い、温もりと締め付けに高まっていった。

下から唇を求め、執拗に舌をからめていたが、やがて彼女は息苦しそうに口を離した。

彼は由紀江の顔を引き寄せたまま、喘ぐ口に鼻を押し込んで濃厚な白粉臭の吐息で胸を満たし、絶頂を迫らせて突き上げを強めていった。

「しゃぶって……」

言うと彼女も、ヌラヌラと舌を這わせて鼻の穴を舐めてくれた。

生温かいヌメリと匂いに酔いしれ、治郎がリズミカルに動き続けると、大量の愛液が律動を滑らかにさせ、クチュクチュと淫らな摩擦音が響いた。

「噛んで……」

さらにせがむと、由紀江は綺麗な歯並びで彼の鼻の頭や、左右の頬を噛み、モグモグと咀嚼してくれた。

「アア、もっと強く……、いきそう……」

治郎は甘美な刺激に激しく高まって喘いだ。

「わ、私も、いきそうよ……、ママって呼んで……」

由紀江が収縮を強めて声を上ずらせた。

「いく、ママ……！」

治郎が昇り詰めながら口走り、大きな快感とともにありったけの熱いザーメンをドクンドクンと勢いよくほとばしらせると、

「き、気持ちいい、アアーッ……！」

噴出を受けた由紀江も声を上げ、ガクガクと狂おしいオルガスムスの収縮を開始したのだった。治郎は心ゆくまで快感を噛み締め、最後の一滴まで出し尽くすと、徐々に突き上げを弱めていった。

「ああ……、すごいわ……」

由紀江も満足げに声を洩らし、熟れ肌の硬直を解きながらグッタリともたれか

かってきた。まだ名残惜しげな収縮が続き、刺激された幹がヒクヒクと過敏に内部で跳ね上がった。

やがて完全に互いの動きが止まると、彼は美熟女の温もりと重みを受け止め、かぐわしい白粉臭の吐息を間近に嗅ぎながら、うっとりと快感の余韻に浸り込んでいった。

複数プレイも良いが、やはり最も心地よいのは一対一の密室だと治郎は実感するのだった。

荒い息遣いを整えると、由紀江がそろそろと股間を引き離し、ティッシュで丁寧にペニスを拭ってくれた。そして屈み込み、チロッと先端を舐めてくれ、

「あう……」

治郎はビクリと反応して呻いた。

「じゃ、私はお風呂に入ってくるわね。治郎さんも唾でヌルヌルだから、ちゃんと寝る前に顔を洗うのよ」

由紀江は言って身を起こし、手早くネグリジェを着た。

治郎は余韻のまま、しばらくは横になっていたかった。

由紀江が出ていくと、階段を下りる足音を聞きながら布団を掛け、そのまま目

そうだった。鼻腔には由紀江の匂いが残り、顔を洗わずに寝たら艶めかしい夢を見そうだった。

（結婚か……）

治郎は思った。もちろん彼の側に否《いな》やのあろう筈はないし、摩美なら申し分ない相手だ。

とても我が身のこととは思えないが、どうやらこれは現実らしい。

報せるべき身内はいないし、大して付き合いのない友人たちに報せても仕方がない。

（白浜治郎になるんだな……）

あとは明日、摩美が帰宅したらもう一度確認の家族会議をして、もう彼は何も考えることもなく、とんとん拍子に来月の吉日にでも入籍となるのだろう。

養子縁組の手続き、式や披露宴などは、全面的に祐介と由紀江に任せることになるだろう。

何しろ、自分は身一つで拾われた身分なのである。

そんなことを思いながら、治郎はシャワーを使いに行く気もないまま、いつの間にか眠り込んでしまったのだった……。

――翌朝、治郎は物音に目を覚ました。

カーテンの隙間からは、夜が明けて間もない光が差し込んでいる。

激しい物音は階下からのもので、続いて由紀江の声がした。

「じ、治郎さん、来て！　お義父さんが、亡くなっているわ……！」

階段の下から切羽詰まった声が聞こえてくると、

「え……！」

治郎は驚いて飛び起きた。

健康に見えていたが祐介は脳か心臓か、どちらにしろ昨夜すっかり安心した上での突然死なのだろうか。

由紀江は、朝食の仕度が出来たので、彼を起こしに行って気づいたらしい。

治郎は全裸のまま寝てしまっていたので慌てて下着とジャージ上下を着込み、急いで階段を下りながら考えた。

医者を呼ぶとか、医療関係は由紀江に任せれば良いだろう。

(あとは、書斎の遺言状を見せて、由紀江先生の判断を仰ごう……)

治郎は思い、どこかへ急いで電話している由紀江の脇を駆け抜け、奥にある祐介の寝室に入っていった。

祐介はベッドに仰向けになり、眠っているかのように穏やかで安らかな死に顔をしていた。そして、

(例のこと、頼む……)

という祐介の声が、治郎の頭の中に響いてきたような気がしたのだった。

※この作品は双葉文庫のために
書き下ろされたもので、完全
なフィクションです。

双葉文庫

む-02-56

白衣《はくい》の淫蜜《シロップ》

2022年2月12日　第1刷発行

【著者】
睦月影郎《むつきかげろう》

【発行者】
箕浦克史
【発行所】
株式会社双葉社
〒162-8540 東京都新宿区東五軒町3番28号
［電話］03-5261-4818(営業部)　03-5261-4833(編集部)
www.futabasha.co.jp(双葉社の書籍・コミックが買えます)
【印刷所】
中央精版印刷株式会社
【製本所】
中央精版印刷株式会社

【フォーマット・デザイン】
日下潤一

ISBN978-4-575-52545-8 C0193
Printed in Japan